Edition Akzente
Herausgegeben von
Michael Krüger

Edmond Jabès
Ein Fremder
mit einem kleinen Buch unterm Arm

*Aus dem Französischen von
Jürgen Ritte*

Carl Hanser Verlag

Titel der Originalausgabe:
Un Étranger avec, sous le bras, un livre de petit format
© 1989 Éditions Gallimard, Paris

1 2 3 4   96 95 94 93

ISBN 3-446-16004-3
Alle Rechte dieser Ausgabe:
© 1993 Carl Hanser Verlag München Wien
Umschlag: Nach einem Entwurf von Klaus Detjen unter Verwendung
der Portolankarte des Mittelmeeres, der angrenzenden Atlantikküste
und des Schwarzen Meeres
Judah ibn Zara (Abenzara), Alexandria 1500
Gesamtherstellung: Friedrich Pustet Regensburg
Printed in Germany

Ein Fremder
mit einem kleinen Buch unterm Arm

Der Fremde ermöglicht es dir, du selbst zu sein, indem er dich zum Fremden macht.

☆

»Wenn ›ICH‹ wahrhaft ›ICH‹ sein soll, dann kann sein Gebrauch nur von einem Fremden beansprucht werden. Um – endlich – er selbst zu sein, war der Jude es sich schuldig, kompromißlos zu sein.
Der Fremde des Fremden«, habe ich einmal geschrieben.

☆

»Was sich unterscheidet, ähnelt sich nicht.
Nur was zueinander paßt, wie Schlüssel und Schloß, ähnelt sich. Die wechselseitige Verwandtschaft prägt uns.«

☆

»Der Nagel hat zum Bilde das Loch. Maliziöser Spiegel. Das Loch zum Pfand den Nagel.«

☆

»Was vor dir liegt, wirft dich auf dein Bild zurück; was hinter dir ist, auf dein verlorenes Gesicht.«

☆

»Die Einzigartigkeit ist subversiv.«

☆

(Der Parcours)

Der Name autorisiert das *Ich*, aber er rechtfertigt es nicht.

Meine Beziehung zum Anderen schichtet sich ins Unendliche; von unten nach oben und niemals in die Ferne – von hier nach dort.
Wie für die Dattelpalme, von der Wurzel bis zur Krone, ist der Andere Teil meiner selbst.

Was du »Ferne« nennst, ist nichts anderes als die Dauer eines Einatmens, eines Ausatmens.
Aller Sauerstoff, dessen der Mensch bedarf, ist in seinen Lungen.
Leer ist der Raum des Lebens.

Aus einem Blitz macht die Ewigkeit einen rostigen Nagel, wie sie aus dem kühnen Augenblick einen nutzlosen Hammer macht.

»Jede Geste ist in Nichts gehüllt«, sagte er.

Das Bild der Welt ist das innere Bild Gottes.
O wiederbelebter Blick.

»In jeder Pupille liegt der Traum einer ersten Morgenröte.

Der Nacht entsprungen, ist das All vielleicht Gottes wahr gewordener Traum«, hatte er geschrieben.

»Jeder Blick – pflegte ein Weiser zu sagen – ist dem Tag einen Morgen voraus und einen Morgen hinterher.

Vergangenheit und Zukunft streiten sich um ein gleiches Bild von Abwesenheit.«

Kann man den Nächsten ins Auge fassen und dabei vom Anderen absehen?

Der Nächste ist der durchlässige Spiegel, in dem der Andere sich betrachtet.

Gefangene Abwesenheit einer befangenen Abwesenheit.

Der Tod ist unser Gastgeber, der Herr des Hauses.

Von feierlichem Ernst und Respekt sind, in ihrer Freimütigkeit, unsere gegenseitigen Beziehungen geprägt, die der Augenblick trübt.

O Leben, du unbeständiger Gast.

Einem jeden Leben seinen Vokal, sein Segel; dem Tode seine kohäsiven Konsonanten.

»Wir schließen ein Auge und zielen – rundes, schwarzes Zentrum der Scheibe – auf den Tod, aber ach, nie treffen wir ins Schwarze.

Müde, nicht zu sterben, wird der Tod uns, eines Tages, das andere Auge schließen«, sagte ein Weiser.

Und er fügte hinzu: »Der Tod ist in uns, wie er auch in Gott ist; aber Gott hat die Ewigkeit für Sich, und wir zerreiben am Augenblick.«

»Mir träumte«, sagte er, »daß sich mir – durch welches Wunder wohl? – die seit Jahrtausenden verfolgten Korrespondenzen des Sandes verschiedener Kontinente öffneten: gelb, rot, grau, weiß.

Der gelbe Sand berief sich auf die Sonne.

Der rote Sand aufs Blut.

Der graue Sand auf den Tod

und der weiße Sand auf den weiß gelassenen Namen.

O Seiten des ersten Buches. Die Wüste gibt sich nur der Wüste.«

Ich sehe ein Wort, das sich dem Meere nähert. Es ist weder das Wort Himmel noch das Wort Erde; es ist auch nicht das Wort Salz oder Samen, sondern das Wort Nichtig, das Wort Nichts.

Und ich sage mir, daß Salz, Korn, Erde, Himmel in dieser Vokabel stecken.

Überlegt und fest bauen.
Überregt bauen.

— Meine Frage ist nicht: »Wer bist du?«, sondern: »Was bringst du mir?«

— Was ich dir bringe, ist nichts anderes, als was ich bin, ward ihm zur Antwort.

Du sollst den Fremden nicht nach seinem Geburtsort fragen, sondern nach dem Ort seiner Bestimmung.

Unsichtbares Auschwitz, in seinem sichtbaren Schrecken.
Nichts ist mehr zu sehen, was nicht schon gesehen worden wäre.
Gelassenheit des Bösen.

»Wie unglücklich, so viele Irrtümer begangen zu haben, muß Gott doch sein.
Seine Tränen sind nunmehr meine Tränen«, schrieb ein Weiser.

»Der Mensch – wurde ihm geantwortet – weint an Gottes Statt, der keine Tränen mehr hat, seit Er aus jeder einzelnen einen Stern schuf.

Der Schmerz ist ein Sternenhimmel. Die ganze Nacht ist in uns.«

☆

Seite des Buches mit ihren Rändern, begehrte Heimstatt.

Hier türmen sich die Worte, mit ihren brennenden Fackeln, glühenden Ringen.

Wer wird, eines Tages, in diesem Haufen aus Staub, die Worte vom Papier, ihrer Stütze, scheiden können?

Vögel. Rauch.

»Ich habe nur die Gewißheit eines Herzens, das schlägt und das, bald schon, nicht mehr schlagen wird«, pflegte er zu sagen.

»Ich habe, o poröser Stein, als einzige Gewißheit nichts als die nebelnde Ungewißheit zu sein«, schrieb ein Weiser.

Durchdrungen, das Mysterium. Das Morgen ist ein Segel, das die Sonne refft.

Die männliche Macht der Welt liegt im Mast.

Gleichgültig gegen ihr Ende, kann die sonnende Auflösung mit ihrem kurzen Dasein die Nacht nicht ängstigen.
Sie wird, eine Zeitlang, die Niederlage gekannt haben – vor ihrem entscheidenden Sieg über das Licht.

»Wir können uns nur vermittels des Wortes verständigen, aber da dieses uns nur unvollständig ausspricht, wird unsere Beziehung zu Gott, wie zum Nächsten, immer unvollkommen sein.
Gott schaut uns zu, wie man sagt. Wahrscheinlich, weil Er darauf verzichtet hat, uns zuzuhören.
Gott ist an Einsamkeit zugrunde gegangen, und Er hat Seinem Geschöpf ein ähnliches Schicksal wie das Seine zugedacht«, sagte er.
Und er fügte hinzu: »Ist es Gott, der an Seinem Ehrgeiz, das Wort zu sein, gescheitert ist, oder ist es das Wort, das, da es ihm nicht gegeben war, Gott zu sein, schließlich mit dem Nichts paktierte?«

Ein Buch. Schon der Winter eines Buches.
Hohe Kehre eines Lebens.

I

Du bist der Fremde. Und ich?
Ich bin für dich der Fremde. Und du?
Der Stern wird, auf immer, vom Stern geschieden sein; was sie verbindet, ist ihr Wunsch, gemeinsam zu strahlen.

»Weißt du – sagte der Meister – zu seinem Schüler –, warum die Bücher unserer Weisheit, wie auch die Gebetbücher, so klein sind?
– Weil es geheime Bücher sind und man ein Geheimnis nicht verbreitet.
Schamhaftigkeit der Seele.
Die Liebe spricht mit leiser Stimme.
Das Buch unserer Meister ist groß wie unsere, nur für uns geöffneten Hände.«

Der Blick Gottes hat die unschuldige Unabhängigkeit einer jeden Geburt.
Perle oder Fruchtknospe.

»Wenn kein Ort der meine ist, wo wäre dann mein wahrer Ort?
Da ich doch lebe, muß ich wohl, irgendwo, anwesend sein«, sagte ein Weiser.
»Vielleicht«, antwortete man ihm, »liegt der wahre Ort in der Abwesenheit eines jeden Ortes.
Vielleicht ist er eben der Ort jener inakzeptablen Abwesenheit?«
Und der Weise sagte: »Bewohnbare Unendlichkeit. Für alle Angehörigen meines Volkes ein Hafen der Gnade.«

Nomade oder Seefahrer, stets ist dort, zwischen dem Fremden und dem Fremden – ob Meer oder Wüste –, ein Raum, den der Schwindel bezeichnet und dem der eine und der andere anheimfallen.

Reisende Reise.

Irrende Irrfahrt.

Der Mensch steckt zunächst im Menschen, wie der Kern in der Frucht oder das Salzkorn im Ozean.

Und doch ist er die Frucht. Und doch ist er das Meer.

»Wäre der Himmel in mir, so hätte mein Wort, heute, den Glanz eines Gestirns«, sagte er.

Dichtes Dunkel des Schmerzes, aber kristallklar sind die Tränen.

Vergänglich, wie der sterbliche Leib, verschwindet das Buch der Zeit.

Eine schwebende Lektüre legt Feuer an alle vier Himmel.

Die Welt wird an ihrer Unfähigkeit sterben, sich dem All einzufügen.

Exiliert im göttlichen Exil.

Und Gott sagte: »Ich war das Bett des Idylls.«

Und der Mensch sagte: »Du warst der Arm des Exils.«

Und die Erde sagte: »Das Bett ist das Vergessen des Quells.«

Und der Himmel sagte: »Den Wolken unzugänglich, sind meine fernen Horizonte das Heil.«

Und Gott sagte: »Sollte das Bett trocken liegen?«

Und der Mensch sagte: »Wo verläßt Du mich?«

Und der Weise versiegelte das Buch.

Innerlichkeit des Zuges.

Das Leben streicht das Leben.

Der Tod ist der Sonne geweiht.

– Der auf uns zukommt, ist ein Fremder.
– Woran erkennst du ihn?
– An seinen Augen, an seinem Lächeln, an seinem Gang.
– Ich sehe nichts an ihm, was nicht jedem von uns eigen wäre.
– Beobachte ihn. Dann wirst du verstehen.
– Ich lasse ihn nicht aus den Augen.
– Dem Unendlichen verdankt er seinen kurzsichtigen Blick; der Vergangenheit, die tief in seinem Gedächtnis verborgen liegt, sein verletztes Lächeln – das Lächeln einer sehr weit zurückliegenden Verletzung; der Furcht, dem Mißtrauen wahrscheinlich, die Langsamkeit seines Ganges. Er weiß, daß alle Flucht Illusion ist. Schau. Er hält inne, überlegt, zögert.
– Er wirkt tatsächlich nicht sehr entschieden. Er ist ungeschickt, stößt mit Passanten zusammen, die sich laut beklagen. Um diese Tageszeit wimmelt der Boulevard Saint-Germain nur so von Menschen. Die attraktiven Schaufenster der Buchhandlung *La Hune* interessieren ihn, a priori, nicht sonderlich. Und doch liegt hier, gut präsentiert und fast vollständig, die neueste literarische Produktion aus. Auch luxuriöse Kunstbände kommen gut zur Geltung.
– Mach dir nichts vor. Ein paar Bände hat er sogar aufgeblättert. Er kann an keiner Buchhandlung vorbeigehen, ohne einzutreten. Das hat er mir mehr als einmal erzählt.
– Jetzt blickt er um sich, als habe er sich verlaufen und als sei ihm das, mit einem Male, bewußt geworden. Was sucht er denn nur so hartnäckig?
– Vielleicht nichts von dem, was seine Aufmerksamkeit so beharrlich erzwingen will. Vielleicht alles.

— Da ist jemand, der seine Träumereien unterbricht. Das bringt ihn ganz aus der Fassung. Sie wechseln ein paar Worte, aber schon aus der Ferne.
— Kennst du ihn schon lange?
— Lange, ja. Aber ihn wirklich zu kennen, wer dürfte das schon von sich behaupten? Obwohl ...
— Obwohl?
— Es ist eher, davon bin ich überzeugt, sein Fehler als mein Fehler. Ich hab's versucht. Ich hab es nicht geschafft. Hinter der Maske seiner übertriebenen Freundlichkeit, seines entwaffnenden Wohlwollens und seiner Liebenswürdigkeit bleibt er unkenntlich.
— Wirklich?
— Zugegeben, ja und nein. Er ist ungreifbar, weil von Anfang an so leicht zu fassen.
— Was willst du damit sagen?
— Leicht zu fassen bekommt man nur die Erscheinung. Das Eigentliche, das ist etwas anderes. Um auf den Menschen zurückzukommen, er flieht, ohne zu fliehen. Er ist da und doch nicht da. Anwesend und abwesend. Nah und fern. Zuweilen so fern, daß es absurd wäre, ihn erreichen zu wollen.
— Kann man ihm das vorwerfen?
— Ich glaube nicht. Man hat ihn geschätzt, gewürdigt und zuweilen gefeiert, und doch hat er immer am Rande gelebt. An den Rändern eines unerschöpflichen Buches.
— Um welches Buch handelt es sich?
— Um unseres. Ich denke an das Buch, dessen Leser und Autor wir gleichzeitig sind; das Buch, das wir niemals zu Ende lesen, zu Ende schreiben werden.
— Um alle Bücher zusammen also, die, eines Tages, nur noch ein einziges Buch sein werden.
— Das Buch.
— Hat er mehrere Werke veröffentlicht?
— Gut zwanzig.

– Genauso viele wie du.
– Und du auch.
– Ein Zufall.
– Du solltest dich auch etwas mehr für seine Schriften interessieren.
– Ich fürchte, ich werde sie nicht besonders mögen.
– Dann lies sie doch erst einmal.

So antwortet er ausnahmslos, wenn man ihn um seine Meinung zu einem Werk bittet, das sein Interesse geweckt hat.

Die Beziehung zum Buch ist persönlich. Ein großes Buch offenbart sich nur dem, der es auf sich nimmt.

Er sagte mir, daß wir, da wir selbst schon ein verrätselter Text seien, uns erfolglos darum bemühten, diesen Seite für Seite zu entschlüsseln. Wenn wir ein Buch lesen, fügte er hinzu, lesen wir das Wenige, was es von unserer Seele und unserem Leben enthält. Und oft reicht das, was wir aus ihm lernen, uns vor Freude taumeln zu lassen, oder uns zu zerstören.

Autor und Leser sind gleichermaßen der Zukunft des Buches verpflichtet, die nicht mehr seine, sondern ihre Zukunft ist. Wobei das, was immer zu lesen und zu schreiben sein wird, ihren Weg vorzeichnet. Und wenn es in dieser Spur keinerlei Unschuld gäbe? Hieße das, daß jedes Schicksal geschrieben steht und also vorweg zu lesen wäre?

So gefiel er sich auch darin zu wiederholen, daß er Vergangenheit und Zukunft einer beschriebenen Seite sei, die bis heute kein Schriftsteller für sich beansprucht habe und die er vor der erstickenden Anonymität rette, indem er sie mit seinem Namen zeichne.

Man schreibt niemals das Buch, sondern nur seinen Ursprung und sein Ende, diese beiden Abgründe.

– Ist dein Freund gestorben? Du sprichst von ihm – und das verwirrt mich – in der Vergangenheit, wo er doch nur ein paar Meter von hier entfernt ist, auf der anderen Straßenseite, lebendig und in sichtlich guter Verfassung.

— Er sagte mir: »Schauen Sie, ich habe kein Gesicht. Das Gesicht, das ich zeige, ist Ausdruck des Augenblicks. Wenn der Schriftsteller ein Fremder ist, dann gerade deshalb, weil er, um sich kundzutun, der Sprache sein Gesicht entlehnt.

Möglicherweise gibt es gar kein Buch, sondern nur die zwanghafte Vorstellung eines Blattes, von dem die Schrift Besitz ergriffen hat und das, seinerseits, zwanghaft unter der Vorstellung eines weiteren Blattes steht. Spiegel, seinen Spiegelungen preisgegeben.

Was der Schriftsteller zeigt, das ist nicht er selbst, das sind die Worte, die ihn beschreiben und ihn erzählen. Lichter und Schatten einer gleichen Stunde, eines gleichen Lebens.«

— Immer dieses zweideutige ›sagte er‹. Du schokkierst mich. Ist das Absicht?

— Mehr als einmal, wenn ich mit ihm sprach oder ihn las, war mir, als tauchte ich in eine unvordenkliche Vergangenheit, in der meine Vergangenheit mit sich rang.

Ich weiß, seit jeher, daß seine Worte die meinen sind, aber so tief im Gedächtnis verankert, daß es einer zeitgenössischen Stimme bedurfte, um sie mir zurückzugeben.

»Jedes Buch ist außerhalb der Zeit, sagte er. Der Schriftsteller bemüht sich, es in sein Jahrhundert eintreten zu lassen. Wenn es ihm gelingt, so ist sein Buch gut. Wenn er scheitert, dann bietet er seinem Leser nicht mehr als ein paar nicht zu rechtfertigende Seiten.«

— Wenn man dich hört, könnte man glauben, daß du es mit einem Phantom zu tun hast.

— Mit einem Menschen aus Fleisch und Blut; aus

meinem Fleisch und aus meinem Blut, ja. Mit einem Fremden, der mich meiner Fremdheit offenbart hat, indem er mich mir selbst öffnete.

Er sagte: »Der Schriftsteller ist der Fremde schlechthin. Allenthalben mit Aufenthaltsverbot belegt, flüchtet er sich ins Buch, aus dem ihn das Wort vertreiben wird. Es ist jedesmal ein neues Buch, dem er, vorübergehend, sein Heil verdankt.

Ewiger Paria.«

– Ist er Jude?

– Er ist es. Aber warum diese Frage?

– Sie hat nichts Ungewöhnliches. Wenn man »Fremder« sagt, denkt man »Jude«.

– Ein primitiver Reflex. Krankhaft. Mit tragischen Konsequenzen. Man wird nicht als Fremder geboren. Man wird es in dem Maße, in dem man sich behauptet.

– Wer will schon Fremder werden?

– Zunächst der Jude, denn er ist die Hoffnung und der Zins eines Buches, das er niemals erschöpfen wird. Sodann du und ich, die wir ja aus dem unendlichen Raum dieses Buches das unendliche Buch unserer Fragen gemacht haben.

– Alle drei haben wir den gleichen buckeligen Rücken gemeinsam.

– So absonderlich war, an gewissen Tagen, sein Verhalten, daß er seine engsten Freunde aus der Fassung brachte.

Während einer ernsten Unterhaltung zum Beispiel begann er mit einem Male, ohne Anlaß zu lachen, sehr zur Verblüffung der Zuhörenden, die diese plötzliche Heiterkeit wie eine Ohrfeige empfanden und erröteten; aber es lag seinerseits keinerlei Aggressivität darin; ein zurückhaltendes Bedürfnis, im Jubel Brüderschaft zu schließen. Ein erlesener Augenblick, um eine lustige Geschichte zu erzählen, was seine Zuhörerschaft zwang, sich auf sein Spiel einzulassen.

Er sagte, daß er denen mißtraue, die nicht lachen könnten, und daß dies für ihn ein Test sei.
— Das sagst du auch.
— Rassismus erschütterte ihn. Wahrscheinlich, weil er selbst eines seiner Opfer gewesen war. Der Rassismus, sagte er, wäre der Sieg der Ratten, das Ende des Menschen. Doch gab er dafür eine ganz persönliche Erklärung. Er sagte, Rassisten seien diejenigen, die ihre Verschiedenheit nicht wahrhaben wollten, diese Theorie aber nur in ihrer Beziehung zum Anderen in Anwendung brächten; es seien diejenigen, die eine gleiche Vergangenheit, eine gleiche Religion, ein identisches Bild von sich selbst, von ihrem Land und von der Welt auf ihrem Irrweg vorantriebe, ganz so — betonte er —, als gerate die Seele nur bei einem einzigen Ton in Schwingung und der Geist nur ein einziges Mal in Erregung;

denn der erste Rassist ist derjenige, der sich nicht annimmt, wie er ist. Man selbst sein, heißt einsam sein. Sich an diese Einsamkeit gewöhnen. Wachsen, tätig sein im Rahmen seiner natürlichen Widersprüche. »Ich« ist nicht der Andere. Es ist »Ich«. Dieses »Ich« ausloten, das ist die Aufgabe, die uns obliegt. Der Antisemit hat dem Juden niemals verziehen, daß er sich gegen ihn verwirklichen konnte und daß er das All mit der Autorität derer anrufen konnte, die eine unerschütterliche Überzeugung, wie sie aus dem Widerstand gegen alle auferlegten Schranken hervorgegangen ist, belebt und beflügelt.
— Ein sonderbarer Kauz, dein Freund. Ein Original?
— Ein Weiser.

Aus dem exhumierten Buch, I

Statt haben: sich berufen auf ein zu langes Exil.

»Ich – sagte er – ist nicht Marmorblock, sondern zerbrechliche Gipsblume.«

Wie wollte sich die Unendlichkeit verlängern, wenn nicht aus ihrer eigenen Furcht vor der Unendlichkeit?
Das Nichts ist Schauder des Nichts.

Verbindlich sein: Tugend der Vokabel.

An Fährmanns Statt treten. Das Ufer bereinigen.

Das Unbestimmbare bestimmen. Das nicht Fixierbare fixieren.
O verwundbarer Augenblick, o künstliche und auslöschliche Grenze.
Unendlichkeit, Ewigkeit rivalisieren in geschärfter Findigkeit.

☆

Die Wunde ist mit der Wunde solidarisch, wie die Hand mit der dargebotenen Hand.

Finde Dich nicht mit der irrigen Vorstellung ab, daß jeder Fremde, nur weil er seine Verschiedenheit ins Spiel bringt, zur Solidarität unfähig sei.
Sein Verantwortungsgefühl ist um so schärfer ausgeprägt, als es ihn über alle Verpflich-

tungen hinaus in seinem waghalsigen Sein verpflichtet, wie auch in seiner Verneinung des Übels, das ihn vernichten könnte.
»Das Buch des Menschen ist Buch des Übels«, hatte er gesagt.
Und wenn das Buch des Leidens nichts als ein Leiden nach dem Buch wäre?

... das Übel, wie Säbel aus Eisen, die in die Seele schneiden.

Ein Text ist, im Grunde genommen, nur eine Bruchlinie.
Ein Steuerstrich?

Das Buch des Übels ist, vielleicht, nur ein unzustellbares Buch.

Es gibt keine abgeschlossenen Träume oder Himmel.
Risse.

Geschriebene Orte. Der staubige Pfad ist *der Fortgang*.

»Wie der verborgenen Perle, der das blutige Echo des sträflichen Ozeans nachsetzt, so ist dem Sandkorn das unvergängliche Gedächtnis der Wüste schuldhafte Unendlichkeit«, hatte er geschrieben.

Er sagte: »Das Denken entdeckt. Der Mensch lernt. Das Wort weiß.«

Aus dem Nichts emporgestiegen, erhellt das Denken das Nichts.

> Du legst dich nieder. Du legst dich
> nieder.
> Du weißt nicht, daß du scheidest.

Das Geschehene war vorhersehbar gewesen. Soll ich es eingestehen? Ich hatte nicht damit gerechnet.

Ich dachte noch: »So schnell nicht.«

Gewiß, da war der Buckel, den ich beeindruckend fand. Da war, vor allem, der gebeugte Rücken.

»Halt dich gerade.« Ich sagte es mir immer wieder. Zuletzt gab ich es auf, wußte ich doch nur zu deutlich, daß ich, auf diesem Gebiet, nichts von mir erwarten durfte.

Aber kann ich heute sicher sein, daß es um mich geht? Zumindest jetzt, am Anfang dieser Beichte, die ich, ohne mir erklären zu können, warum, beständig aufgeschoben habe?

Was den Buckel angeht, so hätte er diesem Bekenntnis, das ich der Neugier des gelegentlichen Lesers anheimzustellen gewillt bin, als Titel dienen können.

Kein Platz jetzt für die Phantasie. Nichts als den geschulten Blick, die aufmerksame Beobachtung, die bittere Feststellung des finsteren Endes eines gelebten Tages; die Bilanz einer Verzauberung oder einer Ernüchterung.

Jeden Morgen, beim Aufstehen, sage ich mir: »Schenk deinem Denken keinerlei Glauben. Registriere und notiere.

Und ich jage nach allem, was sich dem Blick bietet – oder entzieht. Erbarmungslos.

Aus Faulheit oder Desinteresse notiere ich nicht

immer. Man muß lernen, mit Wörtern zu schreiben, die gesättigt sind mit Schweigen.

Ist nicht jedes Buch die drollige oder tragische Geschichte vom Verlust eines Buches?

Ein Spiel, gewiß. Passiert es mir nicht, zu vergessen, wer ich bin und wo ich bin?

Ich komme aus einem anderen Land; offenbar kommt es daher.

Und doch erinnere ich mich, daß ich, als ich noch in der Heimat meiner Kindheit lebte, das Gefühl hatte, von anderswo herzukommen, aus einer anderen Stadt, von einem anderen Kontinent, ohne je genau sagen zu können, woher.

Nicht zu wissen, woher man kommt, ist fast schon das Eingeständnis, von nirgendwo zu kommen. Aber das ist lächerlich.

Ich schwieg. Ich tat so, als ob ...

Ich bin schweigsam. Ich frage mich, jetzt, mit dem Abstand, den ich zu meinem Leben gewonnen habe, ob diese ausgeprägte Vorliebe für die Stille ihren Ursprung nicht in dieser Schwierigkeit hat, die ich seit jeher darin empfand, mich irgendeinem Orte zugehörig zu fühlen.

Noch bevor ich die Wüste kannte, wußte ich, daß sie meine Welt war. Nur der Sand kann ein stummes Wort bis zum Horizont begleiten.

Aufgehobene Grenzen in den Sand schreiben, dabei einer Stimme aus dem Jenseits der Zeiten lauschen. Wilde Stimme des Windes oder unbewegliche Stimme der Luft, diese Stimme hält euch stand. Was sie verkündet, ist das, was euch angreift oder zermalmt. Wort aus tiefsten Abgründen, deren unvernehmliches Geräusch ihr nur seid; hallende oder unhörbare Präsenz.

Wenn das Nichts eines Bildes bedürfte, der Sand könnte es uns liefern. Staub unserer Bindungen. Wüste unseres Geschicks.

Für den Entwurzelten ist der Baum ein Bestandteil der Landschaft, der ihn nicht weiter fesseln kann.

Anonyme Steine, Gebäude richten sich auf zum Ruhme der Anonymität. O Städte, in denen ich auf der Suche nach meiner Vorvergangenheit flaniere. Ich lese sie aus jeder Wunde, die von Rissen im dicken Gemäuer offenbart wird. Eure Steine, von Zement und Kalk zum Schweigen gebracht, haben mich trotzdem wiedererkannt; denn genau wie ich sind sie nicht von hier, erinnern sie sich nur an die feuchte und dichte Nacht, aus der man sie gebrochen hat.

Ich habe von Irrfahrten gelebt, wie der Kapitalist von seinen Renten, denn meine Ahnen vererbten mir unwirtliche Erde. Soll ich noch sagen, daß diese Erde, in ihrer Unwirtlichkeit, vielleicht mein einziges Gut war?

Ein Fremder war ich, nur eine fremde Welt konnte die meine sein.«

Das Wort ›Einrichtung‹ ist, für mich, ein Wort bar jeden Sinnes. Wenn ich es höre, besteht meine unmittelbare Reaktion darin, es möglichst nicht auf mich zu nehmen, ganz so als handelte es sich um ein Wort aus einer barbarischen Sprache, an der ich nur die Fehler wahrgenommen hätte. Doch alsbald fasse ich mich wieder, um mein Unbehagen zu verbergen. Und einmal mehr spiele ich das Spiel.

Begegne ich überraschend einem Freund auf der Straße oder in einem Café, dann neige ich dazu, diese Begebenheit nicht dem Zufall, sondern der hinterhältigen Intervention einer übernatürlichen Macht zuzuschreiben, die mir, indem sie mir diese Ungelegenheit bereitet, die Worte raubt.

Und wie sollte es auch anders sein?

An einem abstrakten Ort – einem Ort keinerlei Ortes – auf einen Menschen zu treffen, der nur zu genau weiß, und es einem noch in Erinnerung ruft, daß er seine Stadt nicht verlassen hat, und dessen vertraute Gegenwart einen sogleich erkennen läßt, daß alles dafür sprach, daß es so ist, wohnen doch der eine und der andere im gleichen Viertel und halten sich zur gleichen Zeit an den gleichen Stellen auf, kann einen schon vor Entsetzen lähmen, so bedeutend sind die Verschiebungen in Raum und Zeit oder, eher noch, der radikale Situationswechsel und, für den Geist unerträglich, die jähe Verfremdung.

Vielleicht sind wir niemals nur dort, wo wir sind?

In der Wüste gibt es weder Alleen noch Boulevards noch Sackgassen noch Straßen. Es gibt nur, hier und da, schwache Fußspuren, schnell verweht und ausgelöscht.

Dieser bruchlose Übergang von der Wirklichkeit des NICHTS in die Illusion des GANZEN; vom Nichts eines Traumes ins fast GANZE einer täglichen Mediokrität; vom Ganzen, alles in allem, beinahe ins Nichts; hätte ich mir vorgestellt, daß ich ihn ohne den geringsten Schaden für mich hätte vornehmen und also unbeschadet davonkommen können?

Ich verglich ihn mit dem Übergang vom Tag zur Nacht, der so vertraut ist, daß er bei uns keinerlei Staunen mehr wachruft. Und doch, wer wagte zu behaupten, nicht gesehen zu haben, glaubhafte Dämmerung, wie das Übel, das uns mit der Welt sterben läßt und das von der untergehenden Sonne angeprangert wird, mit unserem vermischten Blut den Horizont befleckt?

Das All erhellt und verfinstert sich vor unseren Augen.

Das Übel nagt an der Leere, dem Nichtigen, dem Nichts. Sollten wir daraus schließen, daß sie umsonst geblutet haben?

Zwischen dem, was war, und dem, was sein wird, liegt die vibrierende Spanne eines Schreis.

Schrei des Menschen oder Schrei Gottes, was liegt daran!

Schrei eines verratenen Himmels und einer gemarterten Welt.

Sollte es nur eine Wüste geben, die Wüste, in der Gott den Mensch dem Menschen gab, wo das BUCH sich dem Buch öffnete?

Die Abwesenheit Gottes ist die unendliche Leere, auf der die Welt ruht.

Unwiderlegliches Nichts.

Der Name schreibt sich in den Sand. Der Sand liest sich im Namen.

Leben und Tod behaupten, aus einem gleichen Atem zu sein.

Die Seele hat die Reinheit des ersten Brunnens.

Der Transparenz eines zerstäubten Alls verdankt die Wüste die Vielfalt ihrer Farben.

So abenteuerlich sind die Zukunftsträume.

So ähnlich ist, in seiner vorausahnenden Klarheit, das Bild dessen, was erst geheimes Objekt des Verlangens ist.

»Ein Blick genügt, um am Unsichtbaren zu kratzen, wie der Diamant auf geschliffenem Glas«, sagte ein Weiser.

»Im Buch des Lebens und des Todes liegt der unbestimmte Raum des Glücks und des Unglücks zwischen den Worten, die er trennt, um ihre Lektüre zu erleichtern.
Die Worte drücken nichts als ihre Einsamkeit aus«, auch das sagte dieser Weise.

Das Unsichtbare ist nur denkbar in seiner Unsichtbarkeit, aber faßbar in seinem komplexen Verhältnis zum Sichtbaren.
Gegen die Sicht sehen.

»Ich sehe in deinen Augen – sagte ein Weiser zu seinem Schüler – ein Bild von mir, das uns beide ins Nichts wirft.«
Und der Schüler sagte: »Sollte der Tod etwa bis zu diesem Punkte unsere Bilder vermischen?«
Und der Weise antwortete: »Auch dieser Punkt war einmal, vor Zeiten, das Bild, in dem Gott Sich erkannte.
Der Hebräer machte ihn zum Vokal.
O Gesang.«

Eines Tages fiel der Punkt genau vor das letzte Wort des Buches und bereitete somit seiner Lektüre ein Ende.
Und Gott verlor Sich in Gott.

☆

Ein Weiser sagte: »Die Welt ist unsichtbar. Uns obliegt es, sie dem Blick zurückzugeben; wie es uns auch des weiteren obliegt, das unlesbare BUCH Gottes lesbar zu machen.

Es war eine Hochburg, im Herzen des Nichts, die kein Sonnenstrahl mehr traf und wo die Sterne versunken waren.

Heute ist es eines mythischen Ortes unaussprechlicher Name, denn seine Buchstaben sind, alle, zergangen.

Wir haben diese Zitadelle der ABWESENHEIT belagert, von Flammen umschlungen, deren Beute sie wurde, und dann haben wir, aus ihrem Staub und der Asche unserer Brüder, unsere Bücher geschrieben«, sagten die Schüler ebendieses Weisen.

Und der Meister, der ihnen zugehört hatte, begriff, daß ihr Schmerz in jedem Worte lag.

In jedem Wort der Einsamkeit liegt die Einsamkeit eines raumlosen Wortes.

TAG auf TAG. NACHT auf NACHT.

Es ist nicht das geschriebene Wort, sondern das im Wort gelöschte Wort, das uns auslöscht.

Das Buch gibt uns diese beiden Arten der Auslöschung zu lesen.

☆

> Deine Abwesenheit bedurfte eines
> Gesichts; dieses Gesicht, wahrschein-
> lich, eines Schicksals.

Schließe die Lider. Du siehst nur noch dich, und was du siehst, ist eine Sandwüste aus Milliarden dürstender Körner.

Gehe auf dich zu, in dir. Von Zeit zu Zeit hebe den Blick und prüfe, ob der Himmel dich nicht verlassen hat.

Deine Stadt ist ein Trugbild. Die Erde, im Blick aufs All, ein verirrter Vogel mit zu schmächtigen Flügeln, um, ganz allein, dem Unbekannten zu trotzen. Wandere über diesen Planeten, der so unfest ist, daß ein Nichts ihn in Drehung versetzt. Wo bist du? Du sitzt in der Falle des Wirklichen und des Unwahrscheinlichen. Suchst den Ausweg.

Schon Nacht.

Mauern deiner Stadt, die das Licht, um diese Stunde, von innen durchlöchert. In ihnen wohnt das Geheimnis.

Am Morgen feindselige Mauern, Rivalen.

Alte oder neuere Häuser. Verfallen oder prunkend, einladend oder anmaßend, so wie auch die Menschen untereinander sind.

Du läufst, und die Stadt öffnet sich deinem Weg und schließt sich hinter ihm. Welcher Schimäre setzt du nach? Welch aberwitzigem Traum? Was du erwartest, belauert dich seit jeher. Wußtest du's? Wirst du nach rechts gehen oder nach links? Hast du davon eine klare Vorstellung?

Wahrscheinlich rührt daher dieses vage, unruhige Wesen, das man dir nachsagt.

Und dieses Lächeln, nichts als eine eingefrorene Grimasse, Verkrampfung des Gesichts, beredter Ausdruck einer Angst, die du angestrengt zu verbergen suchst.

Hinter den Mauern, die du streifst, gibt es Menschen, die genauso hoffen oder, vielleicht weil sie zu früh an ihren Stern geglaubt, alle Hoffnung verloren haben.

Aber wenn man doch wenigstens wüßte, was man von einer Zukunft erwartet, die, wie man eines Tages, bevor sie die eigene ist, gewahr wird, die Zukunft aller ist, unterschiedslos. Eine Zukunft, die jeder auf seine Weise hartnäckig verteidigen muß.

Der Mensch empfängt eine Welt, die er niemals meistern wird, wie er Herr über einen Körper ist, der ihm auf immer entgleitet. Und über eine ungreifbare Seele.

Denken schneidet ihn ab von sich selbst, auf daß er sich in diesem Schnitt denke; denn was heißt denken, wenn nicht Knoten durchschlagen, sie auflösen, wie man sich eines überzähligen Bandes entledigt, darin der Sekunde gleich, die sich, ganz plötzlich, der Ewigkeit entzieht. Dieser Raub ist der Preis der Erkenntnis.

Seine wachen Kräfte sammeln? Alle Schöpfung ist eitler Gipfelsturm. Die höchsten Berge finden sich in uns.

Umherirren, unsere letzte Chance? Gewiß, doch nur für den, der weiß, das unsere große Stütze, das WISSEN, Stolz und Ruhm des Menschen, genauso lachhaft ist wie ein Strohfeuer im Sturm.

Das Denken ist auf die Zukunft gerichtet; was aber, wenn diese Zukunft, genauso wie die Vergangenheit es war, eine kühne Vorwegnahme unserer selbst wäre? Ja, wenn wir letzten Endes lediglich Geschöpfe dieser Zukunft wären, die uns in Atem hält und uns blind auf sich zutreibt und kraft derer wir niemals wissen werden, wer wir sind?

»So wie sie dich erschaffen und zerstört hat, erschaffe und zerstöre nun auch du die Welt«, schrieb ein Weiser.

»Das Unbekannte erhebt uns, das Unbekannte zermalmt uns, das Unbekannte formt uns.

Denke. Klammere dich an dein Denken wie an eine Frau, die du bis zum Wahnsinn liebst.

Es gibt keinen Gedanken ohne Begierde.«

»Möge der Bach ausreichend Platz finden, unser Land zu bewässern, und die Schwalbe ausreichend Sonne, unser Dach zu verzaubern«, sang auf der Landstraße ein kleines Mädchen.

Dort, wo unsere Wege sich kreuzen, duzen sich unsere Flügel.

»Was uns trennt – schrieb ein Weiser –, sind die Mauern, die gastlichen Behausungen aus Stein. Indem sie radikal zwischen dem Drinnen und dem Draußen scheiden, zwischen denen, die drinnen sind, und denen, die draußen sind, gewöhnen sie uns daran, daß wir uns nicht kennen.

Der Fremde ist draußen. In unseren Zellen, die wir nach unserem Geschmack hergerichtet haben, ist nur Platz für uns.«

Heute abend betrachte ich mit Interesse oder Sympathie, belustigt oder mitleidig Paare und Einzelgänger, die unter meinem Fenster vorbeiziehen; die einen ungeduldig, die Wärme des Heims, die Behaglichkeit, kurz: das Glück wiederzufinden, das die Mühsal, der Verdruß, die Sorgen und Enttäuschungen eines Tages, der sich, alles in allem, nicht von den vorangegangenen unterschied, ihnen vorenthalten hatten; andere mit der unbestimmten Angst, sich einmal mehr ihrer Einsamkeit stellen zu müssen und völlig übergangslos auf sich selbst zurückgeworfen zu sein.

Ihr Name, der auf einem blankpolierten Kupferplättchen eingraviert ist, das man im Haupteingang ihres Miethauses angebracht hat, belegt, daß sie existieren, wie der Grashalm und die Sonne, der Mond und das Reiskorn oder auch der Regenwurm und der zappelnde Fisch.

Die Mauern einreißen, nicht die Mauern, die uns schützen, sondern die Mauern, die uns trennen.

Taub für alles Rufen, Lärmen, Klagen von draußen, befestigen wir unseren Unterschlupf. Wir bewegen uns von einer umschlossenen in eine hermetisch verschlossene Behausung.

Und wie sollte es auch anders sein?

Irgendeinen Ort zu seinem eigenen machen, heißt das nicht zugleich seinen Nachbarn ausschließen?

Ort unseres Rückzugs aus dem Universum, wie kommt es dann zu dem Paradox, daß dieser Ort unser bevorzugter Horchposten auf die Welt ist, Ort unserer Verfügbarkeit, unserer Befragungen und unseres Nachdenkens; günstiger Ort, wie es das Treibhaus ist, wo die seltene Blume gedeiht und unmerklich die Zeit verfließt, wo die wahrnehmende Seele, getaucht in Stille, in einem unvergleichlichen Gefühl immerwährender Fülle lebt?

Dieser Ort der Unendlichkeit an einem Ort der Enge ist mein Ort. Nicht meine Behausung, sondern, im weitesten Raum, jenes entlegene Quartier, jene behelfsmäßige Festung, in die ich mich mit aller Billigkeit hineinstehle, um dort das Maß meines Lebens zu nehmen und es in seiner überwältigenden Realität zu leben. Die Mauern sind hier so dicht wie die Luft und trotzen den Jahrhunderten.

Engel mit gebrochenen Knochen und, glücklicherweise, intakten Flügeln; Truggestalt, gezeugt vom Himmel und der Wüste, geweiht dem Fluge und dem Staub; Schutzengel des Lebens und des Todes, des Unendlichen und des flüchtigen Augenblicks, der Ewigkeit und des Atemzugs, ich habe dir beigestanden, als du stürztest, und seither bist du nicht von meiner Seite gewichen.

Keinerlei Trennwand zwischen dem NICHTS und dem NICHTS.

Keinerlei unnütze Worte, sondern ein Wort der Notwendigkeit, an sich selbst gebunden.

Erkenntnis des NICHTS durch das NICHTS, wo die TOTALITÄT auf frischer Tat des Betruges überführt wird.

Was sich durchsetzt, gründet seine Herrschaft auf seiner Faszinationskraft. Diese Kraft ist relativ.

Das NICHTS ernüchtert die Begehrlichkeit.

Das Vergessen wacht, geschwächt.

Wache über die Stadt, heute abend, wo meine Kindheit sich wie eine aller Zärtlichkeit entwöhnte Waise an den faltigen Busen einer ausgemergelten Amme schmiegt.

Diese Stadt ist nicht meine Stadt.

Ich irre ans andere Ende meiner selbst, an die verdorrten, ödesten Grenzen des Seins, wo meine Träume mich im Stich ließen; an die Grenzen einer transkribierten Existenz, deren Fürsprecher seit jeher die Vokabel war.

Was langsam zerbröselt, ist das, was sich offenbart; was sich auflöst und aufhebt, hat aufgehört das Buch zu betrügen.

Der Stern ist ein blitzender Anschlag auf die Unversehrtheit der Nacht, und der Buchstabe eine feine Schramme auf der entkräfteten Seite.

Und doch heiligt die Nacht ihre unzählbaren Sterne, und das Blatt das Wort.

☆

Sein Buckel war gar keiner, sagt die Legende. Er war die Last, die seinen Körper beugte.

Ewiger Jude, sein Schatten zeichnet sich auf jeder Seite ab, einen Stab in der Hand.

Und sie straften ihn, weil er noch am Leben war.

II

Das Übel liegt im Wort.
Wort, das schmerzt und, befremdlich genug, tröstet.
Das Geheimnis liegt in seiner Fremdheit.

Wir wußten, daß die Luft Licht war; schillerndes Licht des Nichts.

☆

»Ist ein Gefühl sichtbar? Im Moment der Empfindung macht die Seele es für den Nächsten sichtbar vermittels des Körpers, der Kraft oder Leichtigkeit des Gefühls – Klage oder Lächeln – bezeugt, indem er sie offenbart; aber als reines Gefühl – als Verlangen, Hingezogenheit, Empörung, Ablehnung oder Bedauern – ist es unsichtbar.

Ist ein Blick sichtbar? Er ist es insofern, als er durch alles, was er sieht, seinerseits gesehen und sich selbst offenbart wird, aber unsichtbar bleibt, denn Wesen oder Ding werden von ihm nur in ihrer anfechtbaren Erscheinung wahrgenommen; diese wirft ihn auf die Abwesenheit von Wesen und Ding zurück, die unendliche Leere, in der sich zweifelhafte Bilder und Gestalten zusammendrängen.

Das Auge stirbt nicht an dem, was es gesehen hat, sondern an dem, was es niemals erfassen wird.«

Ist ein gesprochenes Wort sichtbar? Formen, Landschaften, Farben, die es, indem es sich äußert, an unserem Auge vorbeiziehen läßt, machen es sichtbar, doch fangen wir diese nur gedanklich ein, und indem sie uns einladen, in dem unsichtbaren Raum, den sie besetzen, zu phantasieren, zu träumen, zu denken, hindern sie uns daran, das Wort zu sehen.

»Ein Unsichtbarer breitet seine angehäuften Reichtümer vor uns aus. Sprechen, Schreiben, das wäre mehr nicht, als sie zu zählen im Innersten dieser Nacht, wo sie ihre Ruhe gefunden haben.

Ist die Stimme sichtbar? Ich höre meine Stimme nicht nur. Ich sehe sie.
Klingende Bilder meiner Abwesenheit.«

»Ist ein Gesicht sichtbar? Vielleicht versuchen wir ja vergeblich hinter seiner ursprünglichen Unsichtbarkeit – der Unsichtbarkeit von Gottes Antlitz – seine Züge zu befragen.

Das wahre Gesicht liegt in seiner Unähnlichkeit mit sich selbst: Gesicht einer geduldig modellierten Abwesenheit«, schrieb ein Weiser.

»Das richtige Wort ist, zunächst, das um seiner selbst willen gesprochene Wort – und bindet uns durch sein eigenes Engagement. Wort von einer objektiven Komplizität und Geselligkeit«, sagte er.

☆

Jadestein. Alle Farben der Hoffnung des Jude-Seins; aber auch Härte der Einsamkeit und undatierbare Verlorenheit eines entwurzelten Steins.

– Das »Ich« allein bezeichnet den Fremden. Wir sagen: »Ich«, und dieses Pronomen löscht uns aus zugunsten eines unsagbaren »Ich«, dessen fester und eigentlicher Preis wir sind. Wir können nicht einmal »Wir« sagen, was zur Not noch hingehen könnte, wenn es nicht den Anderen suggerierte; sich schon so fremd wie dem Nächsten.

Einmal hatte er mir im Vertrauen gesagt: »Die Frage, die ich mir tagtäglich stelle, lautet: *Was ist ein Fremder?* Wie kann man sich selbst fremd sein, fremd für sich und nicht für die anderen? Wie kann man für die anderen einen Namen haben, ein Gesicht, und nicht für sich selbst? Wer täuscht wen? Und in welch uneingestandener Absicht?

Denn der Fremde ist nicht der, der uns gleich zu Beginn als ein Fremder erscheint, sondern eben derjenige, der sich dagegen auflehnt, nicht für den Fremden gehalten zu werden, der er in seinen eigenen Augen ist.

Wenn ich mich Gemeinden, Gemeinschaften, Verbänden oder Gruppierungen, Gruppen und Grüppchen gegenüber immer auf Distanz gehalten habe, so deswegen, weil ich im Innersten wußte, daß ich den Fremden zu ehren hatte und daß ich seinetwegen hoffen durfte, ich selbst zu sein und als solcher erkannt zu werden.

Konfrontation zweier Möglichkeiten, das *Ich* stellt in erster Linie das *Ich* in Frage.«

Und er fügte hinzu: »Wenn jemand, mit dem ich gerade Bekanntschaft gemacht habe, sich, sei es aus Höflichkeit, sei es aus Neugier, dazu veranlaßt sieht, mit mir Konversation zu treiben, bin ich, in den meisten Fällen, überrascht ob seiner unerklärlichen Hast, mit mir zu reden, als rede er zu sich selbst; als sei ich, plötzlich, er.

Da das Wort der Wahrheit einzig ist, ist es unteilbar, und also individuell.

Ist nicht jeder wahre Dialog der bewegende Monolog zweier Wesen, die aufeinander angewiesen sind?«

> Arm ist die Minderheit. Der Mehrheit gelingt es schließlich immer, eine Gemeinschaft der Wohlhabenden zu bilden.
>
> Stärke gegen Schwäche.
>
> Der Heilige ist einsam. Der Weise hat das Alter seiner Einsamkeit.

☆

— Wie ist eure Freundschaft entstanden?
— Das ist eine lange Geschichte.
— Hast du ihm geschrieben?
— Er sagte mir, daß er einige Briefe von mir besitze.
— Und?
— Nun ja. Sie ist aus dem wachsenden Interesse für seine Werke entstanden; aus dem im Laufe meiner Lektüren immer größer werdenden Abstand zu mir selbst; das war die unvermeidliche Konsequenz meiner Nähe zu ihm. Seine Gesten wiederholen, seine Worte; seine Trugbilder übernehmen, seine Enttäuschungen überwinden.

Ich mußte ihn hören, ihm Schritt für Schritt auf seiner Krumen klaubenden Wanderschaft folgen und, um dorthin zu gelangen, mein Leben mit einem Strich durchstreichen; Zuhörer zu sein, das erforderte, ihm zuliebe, die Selbstaufgabe.
— Selbstverleugnung?
— Einförmige Auslöschung von Körper und Seele. Das NICHTS erlangen.
— Um sich in ihm aufzulösen und auf immer zu verschwinden?
— Auf das NICHTS setzen. Niemand mehr sein. Den leeren Ursprung wiederfinden. Wieder von Null anfangen.
Das NICHTS ist der Schlüssel. Er öffnet auf das Unbekannte.
O Nichts, noch vor der Sonne.
Geburt des Menschen.
— War sein Einfluß auf dich so reich an Vernunft und vielversprechend an Folgen, so prägend, daß du dich ihm bis zum letzten unterwerfen mußtest, um dich von ihm zu befreien?
Daß du diesen Kelch leeren mußtest, um die Leere zu füllen?
— Es handelt sich weniger um Einfluß als um Einvernehmen. Ein Pakt. Was ist schreiben, wenn nicht, im Tode, ein den Flammen entrissenes Wort gegen ein hitziges, zündelndes Wort zu tauschen? Feuerfunken gegen brennendes Feuer, entflammt.
Am Boden kriechendes Feuer gegen auflodernes Feuer des Azurs.
Ersticktes Feuer gegen erstickendes Feuer.
— Die Geschichte des Feuers?
— Unsere Geschichte.

Aufmerksam wacht im Nachgeahmten das Unnachahmliche, frischt es auf oder trübt es.

Er sagte: »Ist die Gemeinsamkeit nicht nur Gemeinschaft zweier Einsamkeiten, die über ihr Ausmaß erschrecken? Die Leere, das ist die Wirklichkeit des Nichts, wohingegen das Ganze immer nur verschwimmende Gestalt des Undenkbaren ist.
Niemand wüßte sie auseinanderzuhalten.«
Und er fügte hinzu: »Verzweifelt ist die Wahrnehmung des Weisen, der im Ganzen nur das Nichts sieht, und im Nichts das Ganze.
Und der Weise schluchzte.«

— Er sann darauf, seine Gesprächspartner zu provozieren, sie aus der Fassung zu bringen. Eines Nachmittags, wir gingen gemeinsam spazieren, sagte er mir: »Wenn ich mit jemandem eine Verabredung treffe, dann überlasse ich ihm im allgemeinen die Wahl des Ortes, denn ich fürchte stets, ihn in die Irre zu führen. Wenn ich mich zum Beispiel in der Stadt, im Land täuschen sollte?
Jemandem meine Adresse zu geben, stellt mich ebenfalls vor Probleme.«
— Sie steht im Telefonbuch, antwortete ich ihm.
»Mit meinem Namen und meiner Nummer. Aber gehören diese wirklich mir? Wir kennen uns alle nur vom Namen her. Bin ich tatsächlich derjenige, dem mein Familienname eine Existenz verleiht?
Wenn ich schon die Wahrhaftigkeit des Dokuments, das die lebendige Realität meines Daseins bescheinigt, in Zweifel ziehen könnte, kann ich mich dann nicht genausogut fragen, wer dieses Wesen ist, das sich unter einem falschen Namen verbirgt? Es sei denn, der Name wäre, wie der Name Gottes, im Innersten so leer, daß

die Tatsache, einen zu haben, lediglich meinte, daß er auch anderen weichen könnte, die man in Reserve hielte.

Die Frage bleibt nichtsdestoweniger bestehen. Wie kann man, trotz seines Namens, man selbst sein?

Der Fremde ist vielleicht jener Mensch ohne feste Identität, den wir beharrlich nach einem Namen fragen.

Sollte *Ich* das Nichts sein? Die Spiele des Nichts: das *Ich*?

Was existiert, ist eher das, was wird, als das, was ist«, fügte er hinzu. »Wir haben die Welt hingenommen, wie sie erschaffen wurde. Diese Hinnahme ist uns auferlegt worden. So ist auch nicht die hervorgebrachte Welt, sondern die Welt, die sich hervorbringt und hingibt, die unsere.

Der Fremde steht stetig am Anfang seiner Geschichte. Die Verkettung der Dinge, der Wesen und des Alls ist gebunden an unseren Tod im Augenblick. Er steckt nicht in deren anfänglicher Dauer.

Überleben. O Quellen. Jede Geburt ist strahlende Wiederauferstehung.«

☆

Niemand wartet auf den Fremden.
Allein der Fremde wartet.

— Was man bei dieser Annäherung an den Fremden festhalten muß, ist, daß es im eigentlichen Sinne vielleicht gar keine Fremden gibt.

Der Fremde des Fremden zu sein, heißt gleichzeitig der Fremdheit des Anderen fremd zu sein.

Dessen Eigensein zu achten, impliziert im Gegenzug und seinerseits die gleiche Selbstanerkennung.

Der Baum ist dem Baum fremd, aber mit ihm hat er teil an der Größe des Waldes.

Es erkennt sich der als Fremder, den der Eine, der Einzige, der Unterschiedene faszinieren; der sich – und uns – in seiner gehegten und gepflegten Verschiedenheit auf das Kommen des *Ich* vorbereitet.

Das *Ich* meint nicht das *Selbst*. Das *Ich* ist das Korn; das *Selbst* die befruchtete Erde.

»So – sagte er – stelle ich mir das Ich und das Selbst vor.

Was erstmals zur Welt kommt, ist vielleicht das Ich. Was als erstes von diesem Ereignis gezeichnet sein wird, ist das Selbst.

Aber die Erde ist der Abgrund, und das Korn die Federzier.

Der Einsatz ist der Mensch, der dort in Freiheit seines Geschickes Schmied ist, wo er periodisch um diese Freiheit feilschen muß.

Kann man den Fremden dazu zwingen, sich zu verleugnen; ihn einer Disziplin unterwerfen, die, indem sie den Akzent auf seine Ähnlichkeit mit dem Nächsten legt, ihn schließlich zu einem Akt pathetischer Selbstverleugnung führen müßte? Man könnte ihn allenfalls eben im Namen seiner Fremdheit verurteilen; in Ansehung dieses unbestimmten, unverschämten, unumgänglichen Namens, den er einklagt; *des Namens, in dessen Namen man ihn verfolgt.*

Der Fremde zeugt von der Fraglichkeit jeder Verwurzelung; ist er doch selbst im spröden Boden seines willkürlichen Werdens verwurzelt.

Alle Erde geistert durch die Träume seiner Erde; alle Himmel sind in seinem Himmel.

Zur ewigen Wanderschaft auserkoren, Jude, ohne es eingestehen zu können – noch zu wollen; in dieser hingenommenen Schwere des Seins, von der er ahnt, daß sie es ist, der er es verdankt, der zu sein, der er ist, in dieser Bedingungslosigkeit, mit der er sich herumschlägt, zeichnet sich eine eigene Bedingung des Exilierten ab, deren Urheber er sein und der er treu bleiben wird.

Es zeichnet sich, in der unendlichen Bloßheit, in der sich seine Solidarität mit dem Nächsten und der Welt festigt, der Entwurf eines Lebens ab.

Das Exil ist eine ausgezeichnete Schule der Brüderlichkeit. Hier ist der Fremde ein glänzender Schüler.

Unter allen gesprengten Banden das Band sein, das reißt und das dauert. Und wenn der Fremde dies schicksalhafte Band wäre, das durch die Zerrissenheit des Horizonts geflochten und gestärkt wird?

Für niemanden mehr kenntlich sein, hieße das nicht, behutsam in der Einsamkeit ein Gesicht schnitzen, das nicht abrufbar wäre, ein Gesicht, dessen gefährliche Verführungskraft niemand auf dieser Welt verkennt?

Aus dem exhumierten Buch, II

Da er die Welt, die ihn ausgeschlossen hat, nicht besingen kann, hat der Jude gelernt, sie im Gesang zu lesen.

»Jeder Schrift wohnt die Frage nach dem Buche inne, wie jeder Rede die Frage nach dem Menschen innewohnt«, sagte ein Weiser.

Und er fügte hinzu: »Die Frage nach dem Fremden wohnt dort, wo du dein Reich zu festigen suchst.«

O Frage: schöne, zuweilen so grausame Fremde.

»Der Fremde ist das Wesen, das in seiner Umgebung das höchste Maß an Mißtrauen erregt. Das Unverständnis, das die ehrenwerten Bürger seines Gastlandes ihm gegenüber an den Tag legen, ihr Egoismus und seine manchmal tragischen Folgen, machen aus ihm den berufenen Sprecher der menschlichen Solidarität«, sagte er.

Und er fügte hinzu: »Derjenige, dem du zögerst, die Hand zu reichen, zahlt allein den Preis für dieses Zögern.

Derjenige, dem du die Hand nicht reichst, zahlt allein den Preis für diese Geste.

Und dieser Preis ist – in der Mehrzahl aller Fälle – entschieden zu hoch.

Es ist der Preis für einen unverzeihlichen Fehler Gottes.«

Und der Weise erinnerte daran, daß, als Gott Sein Buch aus der Hand legen wollte, einer Seiner Finger zwischen zwei Seiten eingeklemmt blieb. Da Er es wieder aufschlagen mußte, um Seine Hand zu befreien, las Er den Satz, auf dem Sein Zeigefinger lag, und Er meißelte ihn uns ins Gedächtnis.

Und ein jeder seiner Schüler erinnert sich: »Du wirst schreiben in Ewigkeit über den Schmerz dessen, der geschrieben hat, und deinen Schmerz wirst du lesen im Schmerz des Buches.«

☆

Der Baum blüht. Für den Stein gibt's kein Erwachen.

Wenn wir die Transparenz denken könnten, könnten wir Gott denken.

Wir leben von Schriften und sterben an Streichungen.

☆

Riefe, die den Putz hält. Sollte eine Kerbe reichen, das solid Gebaute vor dem Verfall zu bewahren?
Eine Gedächtnislücke Gottes, und die Welt taumelt sogleich ins Leere.
Ein Vergessen.

☆

»Der Ursprung war – vielleicht – das heftige Verlangen Gottes nach einem Ursprung.
Hauch eines Mißbrauchs«, sagte er.

Der Gegenstand ist für das Denken, was die Blüte für die Biene; seine Nahrung und sein Honig.

»Ach, wer könnte das Denken denken, dort, wo sich das Denken denkt, und nicht dort, wo es bedenkt?« sagte er.
Und er fügte hinzu: »Was wir Denken nennen, ist nur das wenige, das es uns von sich preisgibt und woraus wir ein Leben schöpfen und, zuweilen, auch ein Werk.«

Was im Denken denkt, muß zuerst gedacht werden.

Das Denken ist Erfahrung; Erfahrung des Denkens, aber auch Denken der Erfahrung.

Sein Denken in die Tat umsetzen. Es dem Leben weihen.

Ich denke. Das Denken bringt mich hervor. Gleichwohl ist es meine Hervorbringung, wie ich auch seine Bestimmung bin.

Meine Verantwortlichkeit beginnt mit meinem Denken.

☆

»Die Liebe gibt – sagte ein Weiser –, das Interesse trübt den Glanz der Gabe.«
Und er fügte hinzu: »Es gibt keine Liebe, die nicht zunächst das wichtigste Anzeichen für das Interesse wäre, das man über sich selbst dem Anderen entgegenbringt.
Und doch: heißt nicht aus Interesse handeln, gegen die Liebe handeln?
Aber was heißt dann lieben? Wie, ach wie, kann man *nur* lieben?
Unsere Liebe gilt dem Anderen, wurde ihm geantwortet, das Interesse beschränkt uns auf uns selbst.

Zwei Regungen, die vielleicht nur eine sind.«

Und der Weise sagte: »Zwiespältigkeit der Liebe, Quell menschlicher Vielschichtigkeit.«

☆

Die Frage lautet: Inwiefern bin ich für den Nächsten verantwortlich?

Und bin ich es überhaupt?

Kains Worte zu Gott: »Bin ich meines Bruders Hüter?«

Ich lese sie folgendermaßen: »Bin ich, Besitzer dieses Bodens, den ich im Schweiße meines Angesichts bestellt habe, verantwortlich für den Nomaden Abel, der die Wanderschaft gewählt hat und auf alle irdischen Güter verzichtet?«

Und wenn Kain mit diesem »Bin ich meines Bruders Hüter?« nur Gottes Augenmerk auf den ewigen Konflikt zwischen *Behausung* und *Nomadentum* lenken wollte?

Kann ich für die Wahl des anderen zur Verantwortung gezogen werden? Ich könnte sie bestenfalls hinnehmen und mich eines Urteils enthalten, aber auf keinen Fall meine Wahl zurücknehmen.

Kains Gabe an Gott ist Gabe aus Reichtum, Abels Gabe armseliges Opfer.

»Ich schenke Dir mit diesen Früchten meiner Arbeit alles, was ich bin«, so hätte Kain zu Gott sprechen können. Und Abel: »Herr, nimm hin dieses Nichts, das ich bin in Dir.«

Zwischen dem GANZEN und dem NICHTS verläuft der brutale Schnitt eines Mordes.

Gott verfluchte Kain, weil dieser es in Seinem Namen gewagt hatte, seinen Bruder totzuschlagen.

Und Kain begriff, daß das GANZE und das NICHTS nur die beiden Pole der menschlichen Bedürftigkeit und des göttlichen Unrechts sind.

Entsetzt sucht Kain seither vor Kain zu fliehen.

☆

Hier schließt sich eine andere Frage an: Kann ich verantwortlich sein für das, gleich ob Wesen oder Sache, was vor mir da war, was Souverän seiner selbst ist, was über einen beglaubigten Daseinsstatus verfügt; kurz, für die Vergangenheit und für die Zukunft einer Welt, die vor mir erschaffen ward oder sich immer noch ohne mich erschafft?

Wenn ich für dich verantwortlich bin, bist du es für mich. Woher nehme ich das Recht, dir das aufzuzwingen? Unsere gemeinsame Freiheit bliebe davon nicht unberührt.

Wobei noch, da der andere ein Gesicht ist oder, eher noch, sich uns immer nur unter der Form eines Gesichts zeigt, meine Verantwortlichkeit ihm gegenüber letztlich immer nur Verantwortung für eine personalisierte Gestalt ist, dank deren ich mir eine Vorstellung vom Menschen machen kann; eine Gestalt, die nicht zwangsläufig sein eigentliches Gesicht ist.

Und außerdem, wie könnte ich verantwortlich sein für ein Gesicht, das vielleicht nur in seiner Ähnlichkeit mit dem Gesicht besteht, das ich ihm zuschreibe?

In diesem Falle wäre ich verantwortlich für ein Gesicht, das nicht das seine ist und sehr wohl das meine sein könnte.

Das wahre Gesicht ist Abwesenheit des Gesichts: Gesicht dessen, dem man das Gesicht geraubt hat – Gesicht meiner Verantwortlichkeit gewordenen Abwesenheit des Gesichts.

Gesichter der nach Auschwitz und in alle über die Welt verstreuten Lager der Demütigung und Vernichtung Deportierten.
Gesicht des Nicht-Gesichts.
Nicht-Gesicht des Gesichts.

☆

»Es ist an der Zeit, auf die Verantwortlichkeit Gottes gegenüber der Schöpfung zu kommen – sagte ein Weiser zu seinen Schülern. Er kann nicht der einzige sein, der Seiner Gerechtigkeit entgeht.«

»Er ist der einzige – antworteten sie ihm –, der davon nichts weiß. Ist Er nicht unendliches VERGESSEN, seit Er sich vom Universum zurückgezogen hat?«

Und der Weise sagte: »Gott ist die Einsamkeit Dessen, der ist, denn er ist der einzige, der ist in dem, was einmal war.«

Und er fügte hinzu: »Das, was dauert, ist ohnmächtig gegenüber dem, was zerfällt.«

☆

Meine Verantwortlichkeit in der Welt beginnt mit der Welt.

Ich bin verantwortlich für die Abwesenheit der Welt, aus der die Welt hervorgeht.

Das All, mein Nachbar sind für mich zunächst eine Abwesenheit. Sie sind ihre Abwesenheit, und mir fällt es zu, diese mit ihnen und vermittels ihrer zu füllen, auf daß sie seien.

Ich bin – und auch das ist meine Rolle – verantwortlich für die Totalität der Welt, und also das denkbare GANZE. Aber wie könnte ich hierfür verantwortlich sein, ohne zuvor meinen Teil an Verantwortung für das unsichtbare NICHTS übernommen zu haben, auf das die Lesbarkeit des GANZEN sich gründet? Wo doch die Abwesenheit ursprünglich nichts anderes war als Mangel an Anwesenheit.

Abwesenheit meint Dauer eines Mangels. Und genau darum könnte ich gegenüber dem Nächsten höchstens verantwortlich sein für einen Mangel, der für uns beide unerträglich ist.

Wenn der Mangel Bild der Armut ist, beschränkt sich meine Verantwortlichkeit auf das, an dem es dem Anderen mangelte oder immer noch mangelt. In diesem Falle bin ich verantwortlich für seine *Armut*, für das, was ihm nicht gehört oder niemals gehört hat, aber keineswegs für das, was ihm gehört, seinen *Reichtum*.

Meine Verantwortlichkeit könnte unbeschränkt gelten, doch beschränkt sie sich nichtsdestoweniger auf das, was ich im Rahmen meiner Möglichkeiten für den Nächsten zu leisten vermag; auf das, was ich schließlich gebe.

Niemals werde ich für Gott verantwortlich sein, der alles hat. Gott hingegen ist für mich verantwortlich, der ich nichts habe.

☆

Wir benennen, was – schon – einen verborgenen Namen hat. Wir geben ihm einen Namen, der uns gestattet, es zu benennen; zugeschriebener Name.

Der verborgene Name ist einzig. Er muß unerkannt bleiben, um einzig zu sein; nicht unaussprechlich, doch nie ausgesprochen.

Wenn das Eine geteilt werden könnte, wäre es nicht mehr das Eine.

Unauslöschlicher Name einer ewigen Auslöschung.

III

– Sich selbst zu gleichen, heißt das nicht, ganz einfach *gleich* zu sein? Ich gleiche, aber wem? Wahrscheinlich doch demjenigen, der selbst und seinerseits mir gleicht.

– Aber wer sind wir, wenn ein und dasselbe Bild von uns das einzige ist, was uns füreinander bezeichnet?

– Die Ähnlichkeit ist in sich schon Verrat; denn sie bekräftigt den Nächsten in seinem steten Unwillen, uns zu erkennen.

– ... nichts gleich, diesem nichts vergleichlichen NICHTS gleich, das, trunken vor Fülle, von uns gesättigt, die Dimension der Welt ist.

Der Fremde? Fremdlich Fremd-Ich?

– Es gibt keine Geschichte des Wortes, aber unabwandelbar die Geschichte des Schweigens. Das Wort ruft sie uns in Erinnerung.

– Mehr kennen wir nicht vom Schweigen, als was das Wort uns davon sagen kann. Ob du willst oder nicht, wir akzeptieren nur das Wort.

– Wenn du laut einen Text liest, ist es dann nicht deine Stimme, die du hörst? Die Geschichte des Schweigens ist ein Text. Das Horchen auf das Schweigen, ein Buch.
Der Augenblick spricht. Die Dauer wird gesprochen. Die Dauer ist Abwesenheit, und der Augenblick gesicherte Spur einer sich selbst offenbarten Abwesenheit.
Das Wort ist vielleicht nichts als eine Folge hallender Schritte zwischen den machtlosen Schritten eines lahmenden Universums.
Kreuzspinne.
Der Todeskampf des Wortes ist stumm. O klebrige Unendlichkeit, Spinnweben des Todes. Für diese Wortfliege tragen wir Verantwortung.

Im Anfang war das Buch an seinem weißen Anfang.

☆

– Verantwortlich für das *Schöpfende* der Schöpfung, für eine Lektüre, die verschleiert ist in der Lektüre; für ein verschwiegenes Wort im verbreiteten Wort, für das Schweigen schließlich, für eine Spur, die von tausend Spuren entstellt ist; Schweigen des NICHTS inmitten der strahlenden TOTALITÄT?

— Für dieses Schweigen, dem das Wort Empfindung einflößt, sind wir verantwortlich.

Verantwortlich, schon bevor wir es tatsächlich sind; Hüter und Beschützer dessen, was noch nicht ist, ganz so, als verlange die Verantwortlichkeit zunächst nach Verantwortung für sich selbst.

— Verantwortlich für unsere Verantwortlichkeit gegenüber dem Nächsten und der Welt?

— Verantwortlich für ihre Zukunft, die nichts ist als die Probe auf die Zukunft unserer Verantwortlichkeit.

Was zu Tage kommt, ist dem Tage selbst fremd. Es ist das, was, kümmerliche Fluoreszenz, die nach stärkerem Licht verlangt, gekommen ist wie die Waise, angezogen von der überwältigenden Liebe zu einer unbekannten Mutter, die sie erst — Insekt mit den versengten Flügeln — im Tode wiederfinden wird. So geheimnisvoll ist das geschwärzte Blatt, das ohne Rauch verbrennt.

Das Nichts in lähmende Verblüffung stürzend.

☆

»Der Fremde ist der, der kommt.

Er ist stets derjenige, der kommen wird.

Der nicht zu ortende erste Sonnenstrahl. Niemand wird ihn bemerkt haben.

Der Tag überstrahlt ihn. Die Nacht verneint ihn.

Er wird, einen kurzen Augenblick lang, von sich selbst gelebt haben.

Und doch verdankt der Himmel ihm sein helles Licht«, sagte er.

Ein Weiser sagte: »Alle Geburt ist Vergehen am Schweigen; der Tod feierliche Unterwerfung.«

☆

Dieses Porträt des Fremden, das du da entwirfst, scheint mir zumindest recht fragwürdig.

Muß man der Fremde sein, den du beschreibst, um, zerfetztes Banner, unsere Verantwortlichkeit gegenüber dem Menschen und der Welt so hoch zu halten; sie so weit treiben, daß sie uns jedesmal auf ihre verschlungenen Pfade zwingt, damit es uns besser gelinge, sie auf uns zu nehmen?

Ist das die wesentliche Bedingung?

Es scheint mir – und dies ist ganz offenkundig –, daß ein Fremder niemals in gleicher Weise mit der Landschaft, die sich vor seinen Augen ausbreitet, und den Menschen, die ihn umgeben, wird kommunizieren können wie der Bürger dieses Landes, der hier seit Generationen verwurzelt ist. Land der Kindheit, der Adoleszenz, der Reife und des Alters. Land des Traumes oder Land der Verwundung. Niemals aber Land des Vergessens.

— Muß man unbedingt an einem Ort geboren sein, um ihn zu lieben?

Aber das ist nicht die Frage.

Die Distanz, die uns von dem Fremden trennt, ist die gleiche, die uns von uns selbst trennt.

Unsere Verantwortung ihm gegenüber ist mithin keine andere als die, die wir für uns selbst haben.

— Und seine?
— Dieselbe wie die unsere.

☆

An einem Abend, an dem wir uns praktisch nichts zu sagen hatten, oder an dem wir uns vielleicht nur dieses Nichts zu sagen hatten, deutete er mit dem Finger auf die Schnipsel eines zerrissenen Heftes, die übereinandergeschichtet unter zwei dicken Holzscheiten auf dem Kaminrost lagen, um – es war Herbst – das Feuer zu schüren, das er stets nach dem Abendessen zu entfachen pflegte, und er zitierte mir aus dem Gedächtnis folgenden Satz eines Weisen: »In einem Heft verzeichnen wir das Beste und das Schlechteste eines Lebens. Wir tun nichts anderes, als eine Geschichte mit Wörtern zu verlängern.« Er mißtraute den Vokabeln, die die Vokabeln überleben, denn er fürchtete ihre Rache. »Das ist etwa so, wie wenn man ein geliebtes Wesen durch ein anderes ersetzt«, sagte er. Und er fügte mit einem kaum vernehmlichen Murmeln hinzu: »Erbarmungslos ist die Rache der Wörter.«

Hatte er nicht früher einmal notiert: »Wir haben nur sehr wenig zu sagen, aber um es zu sagen, brauchen wir viele Wörter«?

☆

Siegreiches Schweigen. Die verbrannten Felder des Denkens gleiten dem Abend entgegen.

»Ah, welche Kälte läßt mit einem Mal die Seele erschauern.

Zuerst war die Glut des Buches, dann erschien der Schnee.

Das Erwachen ist Echo des Erwachens.

Dem Tod antwortet der Tod.«

»Die Zugehörigkeit zum Buch – sagte ein Weiser – ist Gefolgschaft des Nichts.

Erhebe es nicht zum Idol. Das Nichtige betet man nicht an.«

Und er fügte hinzu: »Jedes Wort, diese trostlose Weite, ist der vakante Ort unserer äußersten Verlassenheit.«

»Ich erwarte nichts, denn das, was ich erwarte, wird niemals das sein, was ich immer erwartet habe«, sagte er weiter.

Geschick und Mißgeschick des Buches.

»Ich habe das Gedächtnis des Buches, denn es erinnert sich als einziger noch an mich«, sagte er.

Der Jude wollte bedingungsloser Entzifferer und Leumundszeuge des Buches sein.

Samen und Asche.
Der Tod ist Wachstum.

☆

— Lebt er in Paris?
— Im fünften Arrondissement. Warum diese Frage?
— Schau ihn dir an.

Er kam auf uns zu. Wollte den Boulevard überqueren. Da wir beide an einem Tisch vorm *Lipp* sitzen, sind wir leicht zu sehen. Hat er nicht lange, ohne sich zu rühren, auf dem anderen Trottoir uns gegenüber gestanden, den Blick starr auf diese Gaststätte gerichtet, die er jetzt erst zu entdecken schien?

Da, schau, dieser Gruß, den er mit der Hand andeutet, gilt dir. Für ihn ist das eine Art, sich alsbald ohne schlechtes Gewissen verziehen zu können. Antworte ihm. Beeil dich, denn er geht schon weiter, biegt jetzt nach links ab, auf den Platz vor Saint-Germain-des-Prés.

Was kann man für einen Menschen tun, der nicht weiß, wo er ist, wer er ist und wo er hingeht?

– Was könnte ich für dich tun? Und du für mich?

Kennst du die folgende Geschichte?

Sein ganzes Leben lang hatte ein Weiser versucht, ein überzeugendes Bild für den Menschen zu finden.

Ein Bild unterbreitete er seinen Schülern: einen Punkt im Herzen eines hypothetischen Kreises. Und er sagte ihnen: »Ahnt dieser Punkt, daß auf ihm das Universum beruht?«

O leere Alveole des Nichts.

☆

Fremder, weil er mehr nicht war als der Gegenstand einer Lektüre seiner selbst und sich, ganz für sich allein, stets in den gelesenen Wörtern liest.

Eingängige Prophezeiungen der Feder.

»Verästelung. Das Buch ist Sanktuarium der Orakel«, sagte er.

Das Buch ist den Wörtern, die es schreiben, fremd, wie der Mensch dem Kreidestück, das seinen Weg bahnt.

Und doch ist das Buch im Menschen, und das Kreidestück in seiner Hand.

Auf der zarten, blättrigen Oberfläche des Schiefers, auf die kreidig sich der Augenblick schreibt, reicht schon ein Lappen, um ein ganzes Leben auszulöschen.

Dem Augenblick seine Elle Leben; der Ewigkeit ihren begehrten Schlemm.

Gewinner ist stets das Nichts.

O Jugend und Reife des Lebens und des Todes.

Blüte für eine Morgenröte und Blütenbündel.

— Deine Fremdheit, verdankst du sie, im Buch, deinem Leben oder deinem Tod?

— Man stirbt am Tod des Buches, in der Nähe seiner letzten Wörter.

— Für denjenigen, der nicht nachgezählt hat, gibt es kein Alter. Man kann in der Zeit und außerhalb der Zeit leben. Ich lebe den Augenblick, der unabsehbar die Ewigkeit lebt. So wie er, lege ich mich nicht fest. Ich habe keine Identität, bin nur Entwurf

auf die Zukunft, Gestalt des Zukünftigen.
— Und jetzt?
— Wenn das Zukünftige dunkler ist als die Nacht, wird jeder begreifen, warum aus einer solchen Dichte an Schatten niemals der Tag emporsteigen wird.

☆

Er ist jetzt fünfundsiebzig.
Paris entgleitet seinen Schritten.
Verfrüht, die Zeit des Todes.
Die Kälte stählt die Kälte.
Am Tage folgt er seinem Schatten;
Dem Leben, das dahingeht, abends.

☆

»Du rufst meine Seele an. Meiner Seele Leiden steckt in deinem Ruf«, sagte ein Weiser.

»An der Grenze, zu der ich dich geführt haben werde, wollen wir uns trennen«, sagte dieser Weise noch.
Und er fügte hinzu: »Wo liegt diese Grenze, Fremder, wenn nicht am Ende unserer selbst?«

Er sagte: »Die Schande von gestern.«
Er sagte: »Die Hand des Morgen.«

So viele Falten entstellen mein Gesicht.
Schon erkenne ich mich nicht mehr.

Aus dem exhumierten Buch, III

    Derjenige, der mich begleitet, ist Zeuge, aber wer ist noch an meiner Seite?

Ich lese, was ich gewesen bin.
Du liest, was ich sein werde.

»Bei unserem morgendlichen Treffen fehlte ein Zeuge, und auf genau diesen hatte Gott gezählt«, schrieb ein Weiser.

Von all dem, was ich dem Blatt anvertrauen konnte, zehrt heute das an mir, was ich nicht zu formulieren wußte, als sei das, was ich nicht offenbart hätte, das, was ich einfach nur hätte auszudrücken brauchen.

Fasziniert von der Regelmäßigkeit seiner Bewegungen, betrachtet der Weise den Tod – wie er herannaht und wieder zurückweicht; wie das Meer die Welle der Welle entreißt.

»Es passiert mir, daß ich in dem Wort Evidenz nur die Leere sehe, die es leugnet.
Und diese Leere – tragisch – als leer aller Existenz anzugehen«, sagte er.

Gemessen ist das Wort des Weisen.

Durch mein Leben schneiden, wie man der Länge nach durchs Holz schneidet.
Jedem Augenblick sein gefällter Baum.

Das Leben zerfällt in Abschnitte der Trauer, Abschnitte des Fests; der Tod in Rundholz, da bleibt er warm.

Noch im staubigen Schweigen des Sandes lebt das Denken.

Zwei Weise diskutierten.
Der erste sagte:
»Das Universum denken, heißt das nicht, Gott überdenken?
Göttliches Hirn: die Welt.
Das Verhältnis zu Gott ist, vielleicht, mehr nicht als ein ungleiches Verhältnis von Gedanken.«
Und der zweite sagte:
»Was fängst du mit dem Herzen an?«
Der erste antwortete:
»Ein Herz kann man nicht für ein Herz versetzen.«
Dann wieder der zweite:
»Und die Seele?«
Und der erste sagte:
»Hast du nie die Einsamkeit gekannt?«

– Ich verlasse euch. Es ist an der Zeit, sagte ein Weiser zu seinen jungen Schülern.
– Auf welche Zeit spielst du an? – fragte einer von ihnen.
– Auf die Zeit des Abschieds, antwortete der Weise.
– Gibt es eine Zeit der Trennung und eine Zeit des Wiedersehens? – fragte ein anderer unter seinen Schülern.
– Welche Antwort erwartest du auf deine Frage?, sagte der Weise.
– Ich habe dich gefragt, sagte der Schüler.
– Nun denn, ich muß euch umgehend verlassen, und doch scheint es mir, als sei ich nicht einmal über Eure Schwelle getreten.
Und er fügte hinzu:
– Deine Frage war an dich selbst gerichtet, und du konntest die Antwort nicht finden. Du hast sie von

deinem Meister erwartet, damit du sie ihm zuschreiben kannst.

Die Abwesenheit von Zeugen an diesem Abend hat jeden von uns zum Zeugen eines Abwesenden gemacht.

Da wir wissen, wie fatal sie oft sind, verschweigen wir die Worte, die weh tun können.

So ist jedes Eingeständnis des Leidens das Schweigen eines Wortes.

Schreiben, dieses Schweigen schreiben.

Es gibt keine Worte für den Abschied.

IV

Dem Fremden ist der Jude um eine Lektüre voraus.

»Mach aus dem Fremden, diesem Juden, nicht einen zahlenden Gast, sondern einen Ehrengast, denn zu allen Zeiten war er der bevorzugte Gast des Buches«, sagte ein Weiser.

– Das Buch zitierend, zitiert der Jude sich selbst.
– Ist der Jude nur ein Zitat aus dem Buch?
– Der Jude zitiert das Buch nicht. Er wird von ihm zitiert.

– Erster Leser Gottes, irrt der Jude durch die Nacht, die die seine ist und durch die ihn seine Liebe zum Buch leitet, in dem der Fremde sich erkannt hat. Die Irrfahrt geht durch seine Sätze. Wort für Wort zeigen sich unsere Wege. Wir lesen uns in unseren furchtsamen Schritten. Welches Unbekannte lenkt und belauert uns?
Das Buch fand nur deswegen Verbreitung in der Welt, weil es unterschiedlich kommentiert wurde. Für diese geteilte oder angefochtene Lesart, geteilt oder angefochten gerade von jenen, deren Leidenschaft für seine Seiten sie späterhin dazu führen sollte, ihm ein eigenes Buch – Buch der Profanation, Buch der Verehrung und des unvermeidlichen Neides – entgegenzustellen, steht beispielhaft der Schriftsteller; denn das ist doch die Frage: Wenn Gott Sein Buch nicht geschrieben hätte, hätte es dann Schriftsteller gegeben?
Der Schriftsteller schreibt den Ursprung, indem er den Augenblick schreibt. Und dieser Augenblick will

stets in seiner bestürzenden Kürze und erfüllten Ewigkeit gelebt sein.

– Wenn der Schriftsteller, wie du willkürlich behauptest, für die Anderen – obwohl er sich als deren eigentlicher Sprecher sieht – ein Fremder ist, dann berechtigt uns das noch keineswegs dazu, in jedem Fremden einen Schriftsteller oder einen Juden zu sehen. Hier scheint mir eine Sinnverdrehung vorzuliegen, eine gefährliche Verwechslung.
Der Fremde ist für mich derjenige, der aus einem anderen Land, von einem anderen Kontinent stammt. Ganz gleich, ob seine Bleibe an meine Wohnstatt grenzt. Sie beherbergt jemanden, der nicht von hier ist.
– Der Schriftsteller ist ein Fremder, weil er der eigene Ort seines Wortes ist. Der Jude, an sein Jude-Sein geschweißt wie Eisen an Eisen, ist es, weil das Wort des Buches das seine ist.
– Die Zugehörigkeit des Juden zu seiner Gemeinde macht ihn vielleicht für uns zu einem Fremden, aber doch keineswegs für die Juden.
– Das Buch haftet für das Buch; der Schriftsteller für das Wort, das ihn geschrieben hat, und der Jude für das, was auf immer im Buch Gottes zu lesen bleibt und ins Buch des Menschen noch zu schreiben ist.

☆

»Sollte der entscheidende Beweis, den wir für die Existenz Gottes haben, Sein Tod sein?« schrieb ein Weiser.

»Das *Anderswo*, bestätigt es nicht das *Hier*?« ward ihm zur Antwort.

»Gott schuf die Welt im Stehen. Am sechsten Tage setzte Er Sich hin und unterbrach den Lauf der Zeit«, sagte er.

Eine Bresche, ins geschlossene Universum Gottes geschlagen, vollendete sie.
Ein Wort.

»Liegt im Endlichen eine Vorstellung des Unendlichen? Im Unvollkommenen eine Vorstellung des Vollkommenen?
Und in der Vorstellung der Begriff des Göttlichen?
Wir denken mit Gott die Vollkommenheit und die Unvollkommenheit, das Begrenzte und das Unbegrenzte.
Solches Denken verdankt uns das Leben«, sagte er.

Furchterregendes, weil schweigendes WORT Gottes.
Seine Weite wird uns immer unfaßlich sein.
Man kann nicht urteilen über das Unbeurteilbare.

☆

Ihm vielleicht mehr noch als Anderen gilt unsere direkte und unmittelbare Verantwortung.
Nicht nur haben wir den Einwanderer so zu akzeptieren, wie er ist, sondern wir müßten ihm auch helfen, in unserem Milieu aufzugehen, sich

unserer Sprache einzufügen; denn letztendlich ist die Sprache die wirkliche Heimat des Exilierten.

Und Gott sagte: Ich war der Fluß, der aus seinem Bett geleitet wurde.
Und der Mensch sagte: Du warst der Arm des Exils.
Und die Erde sagte: Das Bett ist die Vergessenheit des Flusses.
Und der Himmel sagte: Kein Heil an meinen Horizonten.
Und Gott sagte: Ist das Bett ausgetrocknet?
Und der Mensch sagte: Wo verläßt du mich?

– Welches Bild hat der Einwanderer vom Einheimischen? Das Bild eines Patrioten, der ihm entweder seine Anwesenheit zum Vorwurf macht oder ihn, sollte er aufrichtig guten Willens sein, dazu anhält, ihm ähnlich zu werden, damit er sich ganz dieser Gemeinschaft eingliedere, für die er steht.

Für den Fremden, ob Jude oder Schriftsteller – aber dies gilt gleichermaßen für alle Außenseiter, Erfinder, Künstler, Träumer (heißt träumen nicht, sich wie ein Fremder aufzuführen?), für alle Gaukler, Seiltänzer, Abenteurer, Weisen oder Verrückten, die die Gesellschaft um ihres Heiles willen, wie sie glaubt, ›en bloc‹ verurteilen muß, auch wenn sie, um Sand in die Augen zu streuen, einige wenige im Namen des Denkens, der Kunst oder der Wissenschaft mit Lob und Festen bedenkt – ist dies das Bild, das seiner erlebten Differenz als positiver Differenz entspricht und sie bekräftigt, mag die Trennung willentlich geschehen oder nur ängstlich befürchtet sein.

Weiß der Einwanderer, der ängstlich darum bemüht ist, nicht mehr als Fremder angesehen zu werden, daß, sobald sein Wunsch in Erfüllung geht, er nicht länger er selbst sein wird, sondern nur noch die schlechte Kopie einer verdächtigen Urschrift?

Der Fremde ist vielleicht derjenige, der bereit ist, den Preis für seine Fremdheit zu entrichten, ob bescheiden oder übertrieben hoch.

Den Preis also, den man zahlen muß, um ein Fremder zu bleiben; das heißt für jeden von uns, er selbst zu sein.

Kannst du dich noch an diese komische und zugleich dramatische Geschichte jenes überschwenglichen sentimentalen Afrikaners erinnern, dessen Liebe zu Frankreich so weit ging, daß er nachts in unserer Fahne schlief, bis zu jenem Tage, da Nachbarn, die in diesem Akt eine Beleidigung ihres Verlandes sahen, ihn gemeinerweise bei der Polizeibehörde denunzierten?

Aber mehr noch als um den Einwanderer, dieser grobschlächtigen Vorstellung, die man sich vom Fremden machen kann, geht es vor allem um uns selbst. Um uns, als unzählbares und einziges Selbst.

In einem Briefe schrieb er: »Wenn ich den Fremden denke, denke ich den Einen; der Eine als der Fremde; der Eine als der Fremde des Fremden; der Eine als der Einsame, der absolut Einsame.«

Er fügte hinzu: »Wir sollten von nun an diese neue Benennung des Fremden einbürgern: das *Fremd-Ich*.

Das fremde Selbst, das fremde Du, beide bezeichnet vom Ich.«

— Würdest du es zulassen, als ein Fremder betrachtet zu werden? Würdest du es eingestehen?

— Es geht nicht um ein Eingeständnis.

— Worum dann?

— Um Unschuld, womöglich.

— Ich kann dir nicht mehr folgen.

— Fest an sich glauben; mit oder gegen sich.

»Im Anfang, schrieb ein Weiser, war, fremd dem GANZEN, das NICHTS.

Das GANZE ist anonym. Das NICHTS zwingt das GANZE, aus der Anonymität herauszutreten. Es ist der Hüter des Namens; des Namens, der dem Namenlosen fremd ist.«

Verwirrende Anwesenheit im Antlitz unendlicher Abwesenheit.

— Ist alle Anwesenheit der Welt fremd?

— Sie ist, zuweilen, Anwesenheit einer Nicht-Anwesenheit in der Welt; und also fremd.

Was ist fremder als die Abwesenheit? Und doch ist Gott die Abwesenheit.

Gott sagen, heißt Seine Abwesenheit sagen.

Die SCHÖPFUNG sagen, heißt, zunächst, Gott in der

SCHÖPFUNG sagen; die unermeßliche Abwesenheit in der Anwesenheit.

Gott vertraut Gott das an, was dem Menschen auf immer ein Geheimnis sein wird.

Aber vielleicht hat es ja nie ein Geheimnis gegeben, denn alles erschafft sich aus sich selbst, noch bevor wir helfen oder ohne unsere Hilfe.

– So ist da, zunächst, das NICHTS, dann die Welt, die wie ein GANZES aus dem Nichts auftaucht.

– »Da ist« zu sagen, heißt ja schon, »Da ist etwas« zu sagen; auch wenn dieses Etwas das NICHTS wäre.

– Es ginge eher darum, das Vor-NICHTS zu denken, das undenkbare NICHTS, aus dem das »Da ist NICHTS« hervorgeht, und nicht ein »Da ist nichts«: das Nichts, das uns in die Lage versetzte, die Möglichkeit des »Da ist« dieses unbegreiflichen Nichts zu sagen; denn das NICHTS ist, wie auch Gott ist.

Denken, *was noch nicht ist,* das rätselhafte »noch nicht«, die absolute Leere.

Vielleicht auch einfach nur das zwiespältige »Es gibt NICHTS« denken, indem man nur das »Es« des Satzes bewahrt. »Es gibt Es« und sonst nichts.

Dann wird meine Verantwortung für das »Es« total; denn »Es« ist der über jeden Verdacht erhabene Ursprung; die nicht zu vergegenwärtigende Vergegenwärtigung des »Es ist«, die erste Regung einer erwarteten, unsichtbaren, unhörbaren Anwesenheit; die gleißende Offenbarung des zukünftigen »Es ist«, des »Es wird«.

– Wenn unsere Beziehung zum Fremden eine Beziehung zum Einzigartigen ist, schließt sie von vornherein jede normale Beziehung zu einem Wesen aus, das wir uns in keiner Weise als einzig vorstellen können; zu einem Wesen, das verschieden ist.

– Verschieden in der Nicht-Verschiedenheit, wo seine Verschiedenheit sich erhellt.

Das Einzigartige ist das Intime.

– Und wie gelangt man zu jener Intimität?
– Mit dem Fremden kann es keine oberflächlichen Beziehungen geben.

Das Einzigartige stimuliert das Kollektive, das Globale, das Gemeinsame. Das Vielfache auf das Eine, auf seine Quellen zurückführen. Sich als einzig denken, um dem Einen zu begegnen.

Nehmen wir zum Beispiel den Punkt, der sowohl Zentrum als auch Anziehungsobjekt des Kreises ist. Der Kreis berauscht sich an diesem Punkt, und in diesem Rausch reproduziert er auf ewig den Kreis.

Sich mehr und mehr dem Punkt, seiner fatalen Anziehung nähern; nach und nach zum gereinigten Brunnen der Quelle werden.

Einsamkeit des Einzigen.

Meine Verantwortlichkeit gegenüber dem Nächsten geht durch den EINEN. Sie ist Verantwortlichkeit gegenüber dem EINEN, wie sie der enge und brüderliche Dialog zweier Einsamkeiten freisetzt; andernfalls wäre es keine Verantwortlichkeit, sondern elementare Solidarität. Sie würde mich nicht als Individuum in die Pflicht nehmen, sondern als menschliches Wesen in seiner großzügigen Allgemeinheit.

Deswegen kann es für uns auch keine Verantwortlichkeit geben, ohne daß zuvor ein Dialog stattgehabt hätte mit demjenigen, für den wir uns verantwortlich fühlen.

– Gewiß. Aber ein Dialog läßt sich nicht improvisieren. Wir müssen ihn herbeiführen und dann beide damit einverstanden sein, ihn auch fortzusetzen.

– Seine Einsamkeit, wie ein Buch, der Einsamkeit des Anderen öffnen, Licht zu Licht, um den Morgen zu feiern.

In diesem Stadium heißt die Verantwortung: Dankbarkeit.

☆

»Wer betrügen wollte, würde zuerst von sich selbst getäuscht.
Die Beziehung zum Nächsten hat die Durchsichtigkeit von Wasser«, sagte er.

Es gibt keinen Augenblick, der nicht Augenblick eines Jahrhunderts wäre.
Es gibt keinen Schmerz, der nicht Leiden der ganzen Welt wäre.
Universalität des Schreis.

»Die Welt denken, heißt das nicht, nach und nach im Denken der Welt aufzugehen?« – sagte er.
Und er fügte hinzu: »Formulieren wir für den Nächsten nicht in gleichem Maße wie für uns selbst?«

Der Schmerz an sich läßt sich nicht denken. Wir denken ihn ausgehend von dem, was der Leidende darüber sagt; und seine Erzählung bestätigt die Existenz des Übels.
Allein der Beweis zählt. Der Beweis allein ist denkbar.
Aber man kann nicht sein ganzes Leiden erzählen.
»Es gibt«, sagte er, »am Schmerz etwas Erlittenes, das wir niemals werden ausdrücken können.«
Ohnmacht des Denkens.
Das Glück, die Freude, das Unglück, die Melancholie sind nur durch den Beweis ihrer Darstellung denkbar.
Die Äußerung denken, und nicht die Sache.
Aber wie soll man denken, was man nur auf sich selbst übertragen empfinden kann?

Ich werde niemals dein Leiden kennen, noch du das meine.

Die Verantwortung für dein Glück oder dein Unglück auf mich nehmen. Wird es mir auf diese Weise gelingen, dein Leiden zu fassen, zu denken?

Aber ach, es wäre doch nie dein Glück oder dein Unglück, das ich teilen könnte, sondern ein bestimmtes Glück oder Unglück, von dem ich glaube oder mir einbilde, daß es das deine ist, und das der Vorstellung entspricht, die ich mir von ihm gemacht habe.

Das Imaginäre findet sich außerhalb des Denkens.

Die Einbildungskraft gibt dem Denken nichts, dem Traum alles.

Und wenn den Traum zu denken, nur hieße, einzutreten in den Traum seines Denkens, in den Ablauf seiner täglichen und phantastischen Geschichte?

☆

Lachhaftes Schicksal Gottes, dem sich das ephemere Leben eines Menschen einschreibt.

Stellen wir uns Kinder vor, die einer Zaubervorstellung beiwohnen.

Stellen wir uns einen Zauberer vor, der sich, entzückt ob der staunenden Blicke der Kinder, selbst soweit von den Wundern, die er wirkt, überwältigen läßt, daß er darüber seine Kunst vergißt; kurz, er macht sich ein X für ein U vor; er nimmt die Illusion für die Wahrheit, das Unglaubliche für das Glaubhafte, das Ungewohnte für das Gewöhnliche.

Dann gäbe es nicht mehr auf der einen Seite den Traum, auf der anderen die Wirklichkeit, sondern nur noch das Außerordentliche, das Fabelhafte, wie staunende Kinder es erleben. Da gäbe es, je nachdem, wie das Ergebnis ausfiele, Freudengeheul oder aufziehende Angst.

Was könnten wir von diesem Zauberer lernen? – Vielleicht würde er uns wieder daran erinnern, daß der Abstand, den das Leben zwischen Glück und Unglück wahrt – ähnlich dem weißen Raum zwischen diesen beiden Wörtern, der ihre Lesbarkeit garantiert –, der Leerraum ist, der dem Wandel unserer Vorstellung von beiden gewährt wird.

Und wenn das Universum nichts anderes wäre als der Platz, den Gott braucht, um Sein tägliches Schauspiel aufzuführen? Hinter dem betrachteten Bild das Gute und das Böse sehen, die Trauer und die Glückseligkeit, den Schrecken und das Entzücken, das gute Geschick schließlich und das Mißgeschick, es kennen, bevor man es erfährt? Eine Art Generalprobe, eine Vorpremiere, die uns gestattete, all dem in völliger Kenntnis der Sachlage zu begegnen, als Zuschauer, der bereit ist, sich zum Schauspieler zu wandeln?

Vision eines Lebens, bevor man es lebt.

Auch das Schicksal wird gespielt. Schicksal Gottes und des Menschen. Gespielt noch vor dem Auftritt Gottes und des Menschen, ohne sie, für sie.

Die Rollen sind verteilt, ohne daß jemand sie gelernt hätte.

Aus dem exhumierten Buch, IV

O Denken, das auf seinen Gegenstand verzichtet hat, um selbst Gegenstand eines unendlichen Todesgedankens zu werden, der die Spuren des Wirklichen und des Unwirklichen verwischt.

Widerschein des Buches und des Universums, nicht dort, wo sie sich aufwerfen, sondern dort, wo sie zerfallen, um sich der verbotenen Lektüre zu öffnen.

Spiegel. Spiegel.

Der Tod betrachtet sich im Tod.

Wir sind unfähig, die Metamorphose zu denken; sie in ihrer unumkehrbaren Verkettung festzuschreiben; großartiges oder furchterregendes Abenteuer des Denkens, dessen Windungen wir folgen.

Wie kann man denken, was sich verwandelt, wenn nicht in seinen Verwandlungen selbst, dort, wo jede einzelne sich als Ursprung setzt?

Und wenn der Tag? Und wenn die Nacht? Und wenn der Übergang vom Tage zur Nacht und von der Nacht zum Tage nicht der Übergang einer »Präsenz« wäre, sondern äußerste Preisgabe ans Nichts des Nicht-Seins selbst; Preisgabe dessen, was, in all seiner Klarheit und Dunkelheit, niemals gewesen ist, war es doch nie etwas anderes als die unwidersprüchliche Bejahung dieses *niemals*; dieses unlesbare »Da«, das seine einzige Wirklichkeit in der unmöglichen Lektüre dessen hätte, was nicht existiert und von mir hervorgebracht wird?

Der Name entzieht sich der Erinnerung. Er ist selbst Gedächtnis.

Wir schreiben nur die Weiße, auf die sich unser Schicksal schreibt.

Das Unerträgliche: neigen wir dazu, es auszulöschen, noch bevor wir es sagen, und dann, indem wir es sagen?
Diese Auslöschung, die uns gerade dazu anhält, in Worte zu fassen, was, a priori, kein Satz ausdrücken könnte. Vokabeln der Auslöschung, eher als ausgelöschte Vokabeln.
Wir können eben immer nur den Beginn des Unerträglichen sagen, den Beginn, o stärkende Ahnungslosigkeit, eines Wortes, das sich sich selbst verweigert; das schweigt, um schweigend gefangen zu werden.
»Auschwitz – hatte er notiert – entzieht sich diesem Beginn, wird immer vor ihm gewesen sein; Wunde eines unsagbaren Namens eher denn als Name einer unheilbaren Wunde.«

Man braucht keine Positionslichter, wenn das Boot in Flammen steht.

»Über jedem Blatt seine Saite«, sagte er.

»Unten auf der Seite zeichnest du nicht ihre unbefleckte Weiße, sondern das Aufleuchten ihrer Myriaden von Sternen, die der Augenblick der Ewigkeit entführt«, sagte er auch.

Und wenn die Ewigkeit Gottes mit der Abwesenheit Seiner Unterschrift zusammenhinge?

Da Er keinen Namen hat, konnte Gott Sein Werk nicht zeichnen; da aber jedes Ding der Schöpfung seinen eigenen Namen trägt, kann jedes als Unterzeichner des Ganzen eintreten.

Er sagte: »Wenn du ein einziges seiner Blätter malst, malst du den ganzen Baum.«

»Im Anfang ist das Verbot.

Die Schöpfung ist seine selbstherrliche Verneinung, sein kühnes Dementi, und das Nichts die erniedrigende Hinnahme, die übertriebene Entäußerung des Selbst«, sagte er weiter.

Er sagte: »Dem Philosophen ziehe ich den Denker vor, und dem Denker den Dichter.«

Als ich ihn fragte, auf welche Kriterien er sich dabei stütze, antwortete er:

»Der Philosoph wird mit der Philosophie geboren, der Denker mit dem Denken und der Dichter mit der Welt.«

Und er fügte hinzu: »Doch damit nicht genug. Das flache Tal der Sprache träumt von den Hochwäldern des Gebirges; der Fels von Zacken, Spitzen, Höhenkämmen; das Sandkorn von dauerhaften Dünen und das Salz vom Meer, von kristallinen Horizonten.

Dem Himmel näher ist das poetische Wort.«

Deutlich erkennbar sind die Spitzen des Wissens.

Der Fremde, den unsere Sprache betört, der Heimatlose, beide erahnen, ungeduldig, sie zu sprechen und zu schreiben, instinktiv ihre Gipfel und Grate und versprechen sich, sie dereinst zu erklimmen, um ihrer würdig zu werden.

Das Gedicht ist, »was das Wort vermag und liebt«, hatte er geschrieben.

Außerdem hatte er notiert: »Das Geheimnis ist der Schlüssel zur Seele, und die Poesie das Wort für das Geheimnis.«

»Der Abstand zwischen Prosa und Poesie – hatte er gesagt –, zwischen Rose und Rosenstock ist der wandelbare Raum, der der Vertiefung einer und derselben Liebe vorbehalten ist.«

»Das Buch ist Versprechen des Geschriebenen. Das Wort des Buches begleitet den Schriftsteller auf seinem Weg durch die Wüste.
Es ist immerwährende Erfüllung.
Die Ewigkeit liegt hinter ihm.
Vor ihm liegt die schmerzliche, wachsende Schwäche des Unendlichen.«

Jeder poetische Akt ist ein Akt erhabener Vernunft.

»Der Tod – sagte er – ist, vielleicht, nur ein kleines Stück Gold, das man der Käuflichkeit der Nacht entrichtet.
Verfluchter Sternenstaub.
Ein Obolus für einen Heimgang.
Erniedrigung des Augenblicks. Ungnade der Ewigkeit.
Ordinärer Tribut ans Nichts.
Zahlen um zu scheiden.«

☆

»Meine Heimat ist meine Sprache.
So ist auch das Land meiner Sprache das meine geworden«, sagte er.
Und er fügte hinzu: »Zwei Länder teilen sich meine Seele.
Das erste – das Land, aus dem ich komme – spricht mir von meiner

ursprunghaften Abwesenheit. Das zweite – das Land, in das ich gegangen bin – gewöhnt mich an das gewendete Blatt, aus dem mein Wort hervorsprießen wird.«

Die Sprache hat zum Ort die Sprache.
Das Exil der Sprache ist die Daseinsbedingung des Exilierten.

Man liest nur seine Lektüre.

Das Buch ist das »Du«, das aus uns vorübergehend ein »Ich« macht; aber das Buch ist auch etwas anderes: es ist das »Es«, das das Ich/Du umspannt; denn der Dialog ist immer dreistimmig.

Dicht über dem Rauch.

Starre Flamme verbrennt nur sich selbst.

Man denkt gegen das Nichts.

Unverhofft ist das inspirierte Wort.

»Wir denken die Welt wie einen Gedanken des Universums, und das Wort wie einen Gedanken des Buches«, hatte er geschrieben.

☆

Die Metamorphose denken, heißt die Wahrheit denken.

Er sagte: »Die Evidenz, die Gewißheit können als solche nicht mehr gedacht werden. Wenn wir sie in Frage stellen, stellen wir uns in Frage, und zwar auf noch radikalere Weise.

Die Totalität an sich ist eine Utopie. Muß man die Utopie denken, um das GANZE zu denken? Und wenn dieses GANZE nur Maßlosigkeit des NICHTS wäre? Das GANZE denken, hieße das dann die Maßlosigkeit dort zu denken, wo sie sich als universelle Dimension der TOTALITÄT behauptet, als Leere, Leere ohne Ende, unentzifferbarer Raum, in dem sich das GANZE zu lesen gibt?

So sind wir dazu verdammt, das Detail zu lesen, und niemals die Gesamtheit, oder besser: das Gesamte immer nur vermittels des Details lesen zu können; seines sichtbaren, faßlichen, indes veränderlichen, weil selbst der Lektüre unterworfenen Teils.

Gott steckt im Detail.«

Die Wahrheit nur noch im Aufstieg ihrer unzähligen verdrängten Wahrheiten denken, in den Feuern ihrer tausend Facetten; Qual des Denkens, Blendung des Auges.

Sollte die Wahrheit in der Metamorphose des Gegenstands liegen, der sie seinerseits verwandelt; hält sie sie lebendig, wo sie zu erstarren drohte? Und erlaubt die Bewegung des Wahren der Wahrheit auf ewig wahr zu sein, indem sie, am Anfang, auf die Ewigkeit verzichtet?

Denken heißt zerstören, aber zu wessen Nutzen?

Stets siegreich ist das Denken, aber dieser Triumph ist auch eine Niederlage, denn das Denken hat sich nur in einem Zerrspiegel betrachtet.

Den Spiegel zerstören. Das NICHTS kann dann nicht mehr als NICHTS gedacht werden, sondern als unbedingte Abwesenheit, als Abgrund, aus dem der Tag und mit ihm das Universum aufsteigen wird. Das erste Wort ist Wort der Trauer.

Dem Dichter die Verantwortung fürs Sprechen, dort, wo es benennt, und dort, wo es nur noch seine Benennung benennt.

Eindringen des *Schöpfens*, das das Denken zu überdenken genötigt ist, um der Vokabel in der Fülle ihres Werdens begegnen zu können.

Im Anfang war die Abwesenheit eines WORTES, das Gott, indem Er Sich absentierte, dem Nichts überließ, auf das Seine Abwesenheit verherrlicht werde.

Aber wenn das schweigende Wort Gottes im NICHTS sich birgt, liegt dann die Totalität des Sprechens in diesem NICHTS?

Die Enttäuschung des Titus und seiner Soldaten, die bei der Eroberung des Tempels der Juden feststellen mußten, daß dieser leer war, ihre Wut darüber, dem Feind auf den Leim gegangen zu sein, waren genauso groß wie ihre plötzliche Verblüffung.

Daß der Gott eines Königsvolkes unsichtbar war, daß dieses Volk mit solcher Inbrunst das NICHTS anbeten konnte, stürzte sie in gewaltige Verwirrung.

Wie hatten die Juden aus ihrem Gott, aus ihrem Universum das NICHTS machen können? Und aus ihrem Buch das BUCH des NICHTS?

Wie hatten sie es wagen können, das NICHTS auf die Höhe eines Gottes zu heben und die Welt auf ein Nichts zu reduzieren?

Zum ersten Male sahen sich die Römer der okkulten Macht des NICHTS ausgesetzt; sie entdeckten, daß im göttlichen Buch vom NICHTS geschrieben stand und daß die Wörter dieses Buches nur Vokabeln waren, die vergeblich das NICHTS zu sagen suchten.

Gott beschwören, hieße also das NICHTS beschwören? Gott denken, hinterfragen, hieße also das NICHTS denken, befragen?

Wenn im Anfang das NICHTS ist, kann es keinen Anfang für die Welt geben. Die Welt fängt mit dem

Anfang der Welt an, der, Anfang des Anfangs, *also nie angefangen hat.*

Hält Gott sich in diesem »nie angefangen« auf? Ist unser Verhältnis zur Welt in erster Linie, und durch Gott hindurch, geprägt von einer Erwartung von der Welt und Hoffnung auf die Welt, welche jeden möglichen Anfang mit sich brächten?

Und ist meine Verantwortlichkeit gegenüber dem Nächsten schließlich nichts anderes als Verantwortlichkeit für ein Werden, an dessen verborgenem und zitterndem Anfang der Nächste noch gar nicht stünde?

☆

»Im Anfang ist die Ähnlichkeit«, sagte er.

☆

Verbannte, einherirrende Gespenster; Fährleute aller Zeiten, die Ihr, gebeugt unter der Last des Unglücks oder getrieben von einem Hoffnungsschimmer und dem Herzen, das im Rhythmus Eurer Schritte schlug, meinen Weg geheiligt habt; Geschöpfe einer abwesenden Welt, die Ihr angesichts der feindseligen Anwesenheit des Nächsten nur diese unendliche Abwesenheit zu Eurer Verteidigung hattet, ich bin einer der Euren auf meiner entschlossenen Suche nach dem Unbekannten.

Die Nacht ist total, wo sich das erste Wort einer angemaßten Totalität, der des Todes, abzeichnet.

Staub der Vergangenheit, den die Seele des Sterbenden, trotz ihrer Schwäche – Stärke ist nur Attrappe –, in einem letzten Adieu mit einem Zuge hinwegbläst.

Ach, wie sehr scheint mir doch alles, was ich habe schreiben können, scheint mir doch dies einstige Relief heute glatt und stumpf.

Wie viele Bücher, totgeborene Meisterwerke, ruhen in einem unvollendeten Buch!

Vollkommen ist die Ähnlichkeit des Nichtigen mit dem Nichtigen.

V

»Dies Korn, mit dem du deinen Baum pflanzen willst, hast du meinem Hirn entwendet«, sagte der Meister.
»Ist dein Wissen so groß, Meister, daß es auch Macht hat, die Erde zu befruchten?« fragte der Schüler.
»Mein Wissen habe ich vom Korn«, antwortete der Meister.
»Und jedesmal bin ich der Baum.«
Und wie versteinert ermaß der Schüler mit einem Blick die grüne Weite des Waldes.

Weiblich ist die weiße Seite, denn sie ist urbare Erde für die Saat.

Jede Ziffer spricht von der Grenze. Das Grenzenlose kann mithin keine Zahl sein.
Es ist *vor* der Grenze, *vor* der Ziffer.

– Was könnte ich mitnehmen von dem, was du mir schenkst? Mein Weg ist so weit, daß ich mich nicht mit allzu vielem befrachten kann.
– Nimm die Trauer mit, die die verlassene Seele all dieser Dinge ist.

Dort, wo Beobachtung ist, ist Wissenschaft, ist Philosophie, ist Traum.
»Gott – sagte er – hat nur die Leere beobachtet, und Er entdeckte Gott mit dem Universum.«

Gib dem Auge nicht die Möglichkeit, dich noch mehr zu täuschen, indem du es näher an die Dinge heranführst.

Dahinter, hinter dem, was voll Ungeduld zum Sein drängt, suche immer das, was ist.

Wir sind niemals gleich im selben Augenblick.

Übergehen von der Verantwortlichkeit gegenüber dem, was geschehen ist, zur Verantwortlichkeit gegenüber dem, was sogleich geschehen kann.

☆

Wie sollte ein Fremder sich hinsichtlich der Fremdheit des Anderen definieren?
Seine Bindung an die Welt besteht, zunächst, aus Fragen an sein Anderssein.

»Mit einem Finger, den er in Asche getaucht hatte, schrieb Gott das GESETZ nieder«, sagte der Schüler.
»Das GESETZ des Feuers ward GESETZ aus Feuer«, antwortete der Meister.

Gruppieren. Ghetto.
Wie der Bienenkorb ist unsere Erde ausgeschwärmt.
»Schwärmen«, sagte er, »lieben?«

Buch des Erwachens, aus dem Setzkasten der Sonne.
Die Erde dreht sich um einen Namen.
Jude.

»Gott ist nicht mehr im BUCH. Das BUCH Gottes ist im Menschen.
Nie wird's dem Geist an Vorrat mangeln«, hatte er geschrieben.

»Ein falscher Akkord, und die Seele streikt«, hatte er auch geschrieben.

»Jedes Gesicht ist ein Gewissensbiß des göttlichen Gesichts.
In seiner Leidenschaft für Gott zerstört der Tod, mit jedem Tag, das unsere.
Sein Ziel? – Die Ähnlichkeit zwischen SCHÖPFER und Geschöpf zur Vollendung treiben«, hatte er geschrieben.

»Das Sichtbare – sagte er – ist vielleicht nichts anderes als ein Unsichtbares, das Angst hat, sich zu erkennen zu geben.«

»Die Engel – sagte er ferner – sind, gleichermaßen angezogen von den Abgründen wie von den Gipfeln, bisweilen oben, bisweilen unten.
Immerfort von Gott getrennt, dessen Reich in der Mitte liegt.
Wie sie, Geschöpf aus dem Nirgendwo, der Fremde, der sie liebt. Er beneidet sie um ihre Flügel.
Ihnen gehört die heitere Weite des Himmels. Ihm die engen Gräben unterirdischer Welten.«

»Die Zukunft ist Domäne des Denkens. Hoffentlich auch Domäne der Liebe«, sagte ein Weiser.

Und wenn das weiße Intervall zwischen den geschriebenen Worten nichts anderes wäre als die erstickte Stimme des Schriftstellers, der uneinnehmbare, frei gelassene Raum, dessen die Vokabel bedarf, um zu herrschen?
Du weißt nichts von dir, als was dir einmal souffliert worden ist.

Das Buch machen, das man kann. Dieses »machen« verlangt stets danach »mehr zu machen«. Niemand kann das Mögliche einschränken.

Ich habe ein Land verlassen, das nicht das meine war,
für ein anderes, das auch nicht das meine war.
Ich habe mich geflüchtet in eine Vokabel aus Tinte
— und hatte das Buch als Raum;
Wort aus dem Nirgendwo, dunkles Wort der
— Wüste.
Ich hab mich des Nachts nicht bedeckt.
Ich hab mich gegen die Sonne nicht geschützt.
Ich schritt entblößt voran.
Von wo ich kam, das hatte keinen Sinn mehr.
Wohin ich ging, das bekümmerte nicht einen.
Wind, sage ich euch, Wind.
Und etwas Sand im Wind.

☆

Man kann von der Wüste nicht wie von einer Landschaft sprechen, denn sie ist, trotz ihrer Vielfalt, Abwesenheit von Landschaft.

Aus dieser Abwesenheit bezieht sie ihre Wirklichkeit.

Man kann von der Wüste nicht wie von einem Ort sprechen; denn sie ist auch ein Un-Ort; der Un-Ort eines Ortes und der Ort eines Un-Orts.

Man kann nicht behaupten, daß die Wüste eine Strecke sei, denn sie ist zugleich reale Strecke und absolute Nicht-Strecke aufgrund ihrer Abwesenheit von Orientierungspunkten. Ihre Grenzen sind die vier Horizonte; sie sind das, was sie verbindet und was sie teilt. Sie ist ihre eigene Teilung, wo diese zum offenen Ort wird; Offenheit des Ortes.

Man kann nicht behaupten, daß die Wüste die Leere sei, das Nichts. Man kann auch nicht behaupten, daß sie das Ende sei, weil sie eben auch der Anfang ist.

– Ich hätte dir gerne noch länger von meinem Freund gesprochen.

Seit jenem Nachmittag, den wir zusammen im *Lipp* verbracht haben – das ist jetzt mehr als eine Woche her –, habe ich viel nachgedacht.

Ich habe übrigens mehrfach versucht, ihn am Telefon zu erreichen, leider ohne Erfolg.

Ich werde es noch einmal probieren.

Ich muß ihn sehen, nicht um ihm Fragen zu stellen, sondern um indirekt mich von ihm fragen zu lassen, mich von seinen Abschweifungen befragen zu lassen, diesen über die ganze Dauer der Rede verteilt überraschend sich öffnenden Klammern, die sich nie schließen, so reich an Fragen sind sie, wobei die eine auf die andere verweist oder sie ins Endlose verlängert.

Ich muß ihn sehen, um gewissermaßen, und ohne daß er es ahnte, mir selbst von ihm zurückgegeben zu werden.

Einmal, als ich ihn gefragt hatte, ob er glücklich sei, antwortete er mir mit seinem gleichbleibenden Humor: »Alles Glück der Welt hat bei mir Domizil genommen, aber mein Domizil liegt nicht in der Welt.«

Es ließ mir keine Ruhe zu wissen, wie ein Mann, der sich überall als Fremder fühlte, der öffentlich beteuerte, ohne Zugehörigkeit zu sein, harmonisch über den Hang der Jahre verteilt eine Familie hatte gründen können; wie er alle möglichen Berufe hatte ausüben können, um sein Leben zu bestreiten oder es ohne schlechtes Gewissen zu verpfuschen.

Aber hatte er nicht sehr jung schon in den Reihen derer gekämpft, die Freiheit und Gerechtigkeit über alles stellten und sich gegen jede Form, ob individuell oder kollektiv, des sie umgebenden Sektierertums erhoben; hatte er nicht zuvörderst die totalitären Regimes angegriffen, deren es schon viele gab auf unserem Planeten; Rassismus und Antisemitismus angeprangert, wo sie auf salzzerfressenen Inseln des Hasses blühten; die Gewalt verurteilt, wo sie in Willkür wütete; hatte er nicht aus ihren Trümmern die Worte Freundschaft, Brüderlichkeit, Gastlichkeit zusammengesetzt?

Der Kampf rief zum Kampf.
Der Krieg ebnete die Welt ein.
Die Völker krochen zu Boden, traurige Vokabeln eines verwundbaren Buches, dessen Zeilen der Sturm verwüstet hatte.

Ah, und seither, vorkragend bauen. Mauern eines Moments, einer Stunde oder eines Jahrhunderts, überhängendes Gebäude.
Sollte die Trauer zäher sein als die Hoffnung?
Ich sagte ihm: »Die Verantwortung duldet keinen Moment der Ruhe. Keine Unterbrechung, kein Nachlassen, keinen Aufschub, keine Pause, denn sie beginnt, wo das Leben sich für das Leben entscheidet, und endet an der Schwelle des Todes, hinter der nichts mehr gestattet ist.«
O schwerelose Schwärze des Nichts, Trauerschleier vor unseren geweiteten Augen. Die Wolken sind dem Azur keine Gefahr.
Welt des Tages und Welt des Schattens. Zwei winzige Glaskugeln ersetzten unsere Pupillen.
O Leere, du Vogeldieb.

☆

Wenn ich in seiner Gegenwart auf Frankreich zu sprechen kam, dessen Bürger er aus Treue zu seiner Kultur und zu seiner Sprache und aus einer zutiefst inneren Wahl heraus geworden war, so sagte er lediglich: »Mein erstes Stottern war eine Huldigung an Frankreich, ein Hymnus. Und das wird mein letztes Stottern wahrscheinlich auch sein.« Und etwas leiser fügte er hinzu: »Ich habe Frankreich das Beste von mir gegeben: meine Bücher. Leider sind diese Bücher ihm zum Teil fremd. Aber in diesem Teil, der ihm entgeht, liegt meine ganze verzweifelte Liebe zu ihm.«

Und er fügte hinzu: »Da ist, auf der einen Seite, die Vorstellung, die wir uns seit zweihundert Jahren von Frankreich machen, und auf der anderen Seite das Frankreich einer aktiven Minderheit von Franzosen, die diese Vorstellung nicht ertragen.« Jenen sagte der Fremde: »Mit jedem Tag vertieft Ihr den Graben, in den Ihr eine Vorstellung stürzt, die Euch zuwider ist. Wisset, daß Ihr mit dieser Vorstellung auch Frankreich begrabt.«

☆

Hat er mich nicht davon überzeugt, daß wir unsere Bindungen nur über unsere Verschiedenheiten knüpfen können? Je deutlicher spürbar diese sind, desto fester sind unsere Bande.

Gewiß, die Verschiedenheit ist nicht ausschließlich Besitzstand des Fremden. Selbst die Ähnlichkeit ist vielleicht nichts anderes als eine Verschiedenheit, die nach dem Bilde unserer Verschiedenheiten gezeichnet ist. Wir ähneln uns aufgrund der Tatsache, daß wir verschieden sind; das heißt, vermittels dieser gegenseitigen, von uns anerkannten Verschiedenheit, die gerade diese Anerkennung zunichte macht. Der eine dem anderen gleich, wie, aus der Entfernung, zwei Sterne im selben Gefunkel.

»Komm näher«, sagte der Fremde, »zwei Schritte von mir bist du noch zu weit entfernt. Du siehst mich, wie du bist, und nicht so, wie ich bin.«

— Er liebte es bisweilen, sich hinter die verehrte Gestalt des Moses, des Fremden schlechthin, zu stellen, dessen fünf Bücher zum permanenten Versammlungsort eines neuen Volkes geworden waren, das aus ihrer Lektüre hervorgegangen war und immer noch aus ihr hervorgeht.

»Gleich zweifach Fremder«, sagte er, »als Autor eines Buches, das er nicht geschrieben hat, und als Leser eines Buches, das ihn schreibt. Dem Buche fremd und sich selbst.

Moses, das ist, o holde Erfüllung, das auf der Seite erblühende, empfangene, hinterlegte, erhaltene Wort, das die Nachfahren der zwölf erwählten Stämme bis ans Ende der Zeiten befragen werden. Seine Transparenz verdankt es dem BUCH. Was Gott gesagt, das hat Sein inspirierter Diener von eigener Hand übersetzt, und diese Hand war nichts als eine Stimme, göttliche Stimme, und ihr Klang und ihre Schwingungen waren lesbar.

Moses, das ist das ins Wort gemeißelte Wort; Abraham das umherirrende Wort. Nicht Losungswort, sondern Wort des Übergangs von der Unhörbarkeit zur Hörbarkeit.

Abraham, der Fährmann, und Moses, der Fährtenfinder. Dem Stein einverleibte Wörter und verkündetes, in Atem gehülltes Wort.«

Nicht »Ich« sagen können, weder in der Vergangenheit noch in der Zukunft. Beinahe schon unkenntliches Gesicht von Gestern. Kaum denkbares Gesicht von Morgen.

Und die Unendlichkeit des ersten Vergessens.
In der letzten, höchsten Stunde werden wir endlich wissen, was die Zeit aus uns gemacht hat.

☆

— Eines Abends, da er für mich einige Jugendphotographien aus einer alten Schublade hervorholte, erzählte er mir vom folgenden Dialog zwischen einem Kind und seiner Großmutter, als diese ihm das Bildnis einer sehr hübschen Frau zeigte:
— Großmutter, wer ist diese Dame?
— Aber das bin ich, meiner kleiner Liebling, als ich noch jung war.
— Und jetzt, wer ist das jetzt?
Und er sagte mir: »Sehen Sie, in diesem: *Wer ist das jetzt?* steckt das Rätsel eines Lebens.«

☆

— »*Was ist ein Fremder? — Derjenige, der dich glauben läßt, daß du zu Hause bist.*«
Als ich ihn an diesen Satz erinnerte, den ich in einem seiner Bücher gelesen hatte, brach er in Lachen aus — ein gezwungenes Lachen, wie ich zugeben muß — und sagte mir: »Das ist ein Witz«, bevor er hinzufügte: »Was soll das schon heißen, zu Hause sein, heißt das nicht, die vergipsten Wände unserer Zellen in den Farben unserer falschen Reichtümer streichen?«
Ich entdeckte mit einem Mal, daß er sich verändert hatte, älter geworden war. Sein Körper hatte sich gebeugt, und seine Augen hatten an Lebhaftigkeit verloren.
Ohne Umschweife sagte er mir: »Das Zentrum ist die Erde, wo das Leben sich im Tod auflöst. Altern, das

heißt vielleicht nicht mehr, als sich jeden Tag etwas weiter über diesen Schlund zu beugen.«

☆

— Ich muß immer wieder an meinen letzten Besuch bei ihm denken, an das Gespräch, das er mir gewährt hatte. Er schien so entmutigt, so abwesend. Er sagte mir, daß er stets die von Korruption befleckte Macht mit ihren zweifelhaften Vorrechten bekämpft habe. Die Macht verletzt oft tödlich den, der ihr unterliegt, und sie entwürdigt den, der sie hat.

Die Pflicht, so wie er sie verstand, besteht nicht im Gehorsam gegen die Macht. Sie ist eine Schuld, eine Ehrenschuld; Schuld gegen den Anderen, persönliche Verantwortlichkeit. Er sagte, daß er es sein Leben lang als seine Pflicht angesehen habe, unsere irrigen Vorstellungen vom Fremden zu bekämpfen; diese verlogenen Stereotypen, auf denen immer noch der größte Teil unserer Gesellschaften sich gründet.

Schimärisches Unterfangen, wie er jetzt einsah. Ein Loch im Wasser.

Sein Pessimismus bestürzte mich. Eine Vorahnung sagte mir, daß ich ihn nie wiedersehen würde; daß er jetzt schon nicht mehr daran glaubte, mich wiederzusehen.

O Unverstand. Ich rede von ihm ganz unbekümmert in der Vergangenheit.

Das kann ich mir nicht verzeihen; es ist wie ein Schmerz, den ich ihm unwillentlich zugefügt, und von dem er sich nicht mehr erholt hätte.

Seither hat sich das Schweigen zweier Fremder bemächtigt, die sich nicht mehr kennen.

Das war vor Jahrhunderten. Das war gestern noch.

— Du hast immer in der Vergangenheit von ihm

gesprochen. Hatte ich dich nicht darauf aufmerksam gemacht?

— Jedes Wort, das uns von einem Anderen kommt, kann nur Wort der Vergangenheit sein.

— Oder der Zukunft. Während ich dir zuhörte, dachte ich an die Nachwelt des Fremden. Was hofft er uns zu hinterlassen, wenn wir nur seine Einzigartigkeit beerben können?

Mit Außenseitern erschafft man keine Welt.

— Was haben wir von unseren Meistern geerbt, wenn nicht das Wenige an Erfahrung und Wissen, das sie uns vermacht haben und das unser täglich Brot geworden ist?

Unser Wissen ist nicht mehr das ihre und auch nicht der Ertrag aus unseren Erfahrungen. Einige unserer Meister haben uns den Weg gewiesen und gleichzeitig gewarnt, daß wir uns allein auf diesem Wege finden würden. Zuweilen wird die Warnung von dem, dem sie gilt, nicht verstanden, und schon nach wenigen Schritten bricht er zusammen.

Die Einzigartigkeit des Fremden nämlich ist unteilbar.

Teilt man eine Seele, einen Geist, eine Intelligenz?

Verstopfe dir nicht die Ohren. Pflege den Dialog. Und der Fremde wird aufhören, dieser Mensch ohne Wurzeln zu sein, um mit dir, robuster Stamm, ob rauh oder glatt, mit dichtbelaubten Ästen, ein- und denselben Baum zu bilden, alleinstehend, wiederaufblühend.

Das Einzigartige ist universell.

☆

— Und wenn dieser Fremde ein Tyrann wäre; wenn dieses »Fremd-Ich« ein blutrünstiger Irrer wäre, würdest du ihn dann in seiner Verschlossenheit, in seiner kriminellen Blendung bekräftigen?
— Begegnung heißt Lust. Es kann keinen dauerhaften Dialog ohne ein Gefühl der Lust geben. Derjenige, der die Macht hat, schert sich wenig um die Lust der Anderen. Er ist seine eigene Lust. Und so auch der einzige, der sie genießt.

Die Lust zu sein, die Freude am Leben verdankt der Fremde dem Dialog. Wenn er keinen Dialog führt, wenn es ihm nicht gelingt, den Dialog in Gang zu setzen, wird ihn die Gesellschaft verstoßen.

Nicht mehr er selbst zu sein, für die Dauer einer Streichung, um, im besten aller möglichen Fälle, unter denen zu überleben, die ihm geholfen haben, ihnen ähnlich zu werden. Vor dieser verzweifelten Wahl steht er regelmäßig.

»Das Adverb *mehr* – sagte er – in dem Satz: *Nicht mehr er selbst sein*, ist sein ganzes Drama. Das ist das Wort, das ihn eliminiert, aber auch das Wort, das ihm, in der Auslöschung, ein *Mehr* an Anstrengungen abfordert. So daß man, ohne allzu große Gefahr des Irrtums, wohl behaupten darf, daß sich in diesem *mehr* das zerbrechliche Schicksal des Fremden liest.

»Der Fall des Fremden – wiederholte er mir – beschäftigt mich nicht nur, weil ich selbst einer bin, sondern weil er allein schon die Probleme aufwirft, vor die uns, sowohl prinzipiell als auch in der täglichen Anwendung, die Freiheit, die Macht, die Pflicht und die Brüderlichkeit stellen; in erster Linie das Problem der Gleichheit unter den Menschen und in zweiter Linie das Problem unserer Verantwortlichkeit für die Menschen und uns selbst.

In seinem Willen zum Dasein lehrt uns der Fremde, daß es keine Selbsterkenntnis geben kann ohne vorhergehende Selbstanerkenntnis. Ich kann mich nur auf meine Handlungen berufen, um zu beweisen, daß ich existiere. Nur über sie werde ich verstanden, bekämpft, beurteilt.

Was ich denke, sage, mache, ist mein Risiko und erfordert meine volle Verantwortlichkeit. Daraus ergibt sich, wer ich bin oder zu sein glaube, oder auch für wen man mich hält.

Der Andere, indem er mich anerkennt, lehrt mich, mich selbst zu erkennen; denn es gibt kein Wort, wo es nicht laut ausgesprochen wird; und auch keine Geste, solange sie nicht mit Wissen und vor den Augen aller ausgeführt wird.

Einer inneren Stimme gehorchend, gehen wir spontan auf sie zu, wissen wir doch, daß sie persönlich ist. Was würden wir sagen, wenn wir erführen, daß das Hinabsteigen in uns selbst auf der Suche nach unserer einsamen Stimme nichts anderes ist als ein Zugehen auf eine fremde Stimme, die Stimme der Wörter?«

☆

»Unsere Überzeugungen sind Schwalben. Sie sind Töchter der schönen Tage; aber wie man weiß, macht eine Schwalbe noch keinen Sommer«, sagte er.

– ... irgend etwas unbestimmbar Knappes seither, etwas kunstvoll Gleichgültiges, Starres in seinem Gang, als ob sein Schritt zuweilen zögerte, dem Unbekannten, das ihm den Weg eröffnete, auf dem Fuß zu folgen.

... irgend etwas an ihm, etwas schmerzhaft Gespanntes, das die jugendliche Arglosigkeit seines faltigen Gesichts bisher zu mildern suchte.

... dann auch irgend etwas ... Aber vielleicht ist dies nur eine Eingebung?
— Eine gewisse Unruhe eher. Ganz unberechtigt.
— ... das Gefühl seines nahen Todes. Er sagte:

»Gespannter Bogen der Tage.
Schlaffe Kurve der Nächte.
Der Kreis des Nichts geschlossen.«

— Nichts erlaubt dir, mit dem Schlimmsten zu rechnen.
— Doch, seine Augen. Voller Vergangenheit und bar aller Zukunft.
— Kann man solches Vertrauen in einen Blick legen?
— Der Blick übertreibt nicht, noch hält er uns zum Narren.
Der Geist hingegen läßt sich oft vom Geist übertölpeln. Und das Verwirrendste daran ist, daß er es wissentlich, freiwillig tut.
So daß denken indirekt vielleicht nichts anderes ist als Offenlegung des Betruges.
— ... um seinerseits in die Irre zu leiten?
Werden wir von unseren Vorstellungen verraten? Wir leben damit. Das Leben, das wir ihnen opfern, verleiht ihnen einen Anschein von Wahrheit.
— Wobei noch zu fragen bleibt, wo die Wahrheit ist?
Wobei man sie doch unter all jenen Wahrheiten erkennen müßte, die sich uns, ob zurückhaltend oder aufreizend, anbieten. Er sagte:»Ich weiß, daß ich lüge, wenn ich denn einmal lüge. Ich weiß niemals wirklich, ob ich die Wahrheit sage, wenn ich sie zu sagen versuche; selbst wenn ich innerlich davon überzeugt bin. Wir können nur eine Wahrheit ausdrücken, die die unsere geworden ist, weil wir sie befragt, verstanden, erlebt haben — kurz: nur unser Verhältnis zur Wahrheit.«
Mehr noch als die Wahrheit steht unser guter Glaube

zur Debatte; unser Glaube an sie. Aber was ermächtigt uns, ihn anderen aufzuzwingen?

Die göttliche Wahrheit verdankt ihren Status einer universellen Wahrheit Gott.

So hätte Gott denn alles geschaffen, einschließlich der Wahrheit.

Ihr gegenüber werden wir uns immer in der Position des Unterlegenen befinden und ein zweifelhaftes Herr-Diener Verhältnis entwickeln.

Solare Wahrheit Gottes, dämmerhafte Wahrheit des Menschen.

Sagte er nicht: »Die Wahrheit ist umstritten; unbestreitbar ist das Wahre«?

— Das sagte er oft. Auch ich erinnere mich daran.
— Also hast du es gesagt?
— Wir hatten alle drei die Gewohnheit, es zu sagen.

Wie sollen wir uns jetzt einer vom anderen unterscheiden? Sind wir nicht ein und dasselbe Wort an seinem Ende?

— Er wollte, wie ich vermute, zu verstehen geben, daß die Wahrheit an der Seite des Absoluten steht; das Wahre an der Seite des Partiellen, Relativen.

Das ist ein gewichtiger Unterschied.

Zu Füßen der Wahrheit kniet die Kreatur.

Um das Wahre schart sich keine Versammlung.

Der nackte Mensch.

»Wir sind, sagte er, im Wahren wie in der Liebe und in der Wahrheit wie im Tode.«

— Kann man die Wahrheit vom Wahren trennen?
— Kann man den Tod von der Liebe trennen?

☆

Er sagte: »Ist der Schatten Wahrheit der Nacht? In diesem Falle wäre das Licht Wahrheit des Tages. Aber sie sehen einander nicht.«

☆

— Im Wahren sein heißt vielleicht, im Kielwasser der Wahrheit fahren, der das Wahre nachsetzt.
— Das Meer fließt stets zum Meer zurück.
— Das Meer hat seine Grenzen. Jenseits dieser Grenzen ist es nicht mehr das Meer.
— Kennt die Wahrheit ihre Grenzen?
— Die Wahrheit hat keine Grenzen; sie überläßt es dem Wahren, seine Grenzen zu definieren.
— Im Wahren sein heißt, sich im Inneren der Wahrheit bewegen. Weite Leere, bevölkert von leeren Wörtern.
— Du sagst die Wahrheit. Das Wahre ist nichts anderes als das, was du sagst, aber ist das, was du sagst, wahr?
— Die Wahrheit wird niemals gesagt werden, sondern verkündet.
— Gibt es also kein Wort der Wahrheit?
— Es gibt, vielleicht, eine Wahrheit des Wortes.

☆

»Im Wahren sein, sagte er, das heißt zuweilen, seinem autoritären Gebaren die Legitimation zu verweigern; gewissermaßen seine Herrschaft zu demokratisieren, wobei man sie gleichzeitig festigt.«

– Was will der Fremde uns begreiflich machen? Wahrscheinlich, daß wir nicht Brüder sind, weil wir uns gleichen, sondern Brüder, weil wir uns erkennen; Erkenntnis des Selbst über den Anderen; Akzeptieren des Selbst durch den Anderen.

Flackerndes Licht einer Kerze, von Nacht umschlungen, die es erhellt.

In dieser Umarmung liegt die ganze zurückgedrängte Liebe der menschlichen Wesen und Dinge, denen es nicht bestimmt war, miteinander zu paktieren, zu verschmelzen, einen Augenblick lang zu leben und gemeinsam zu sterben.

Sterben, heißt das für einige nicht, am Ende der Liebe angelangt sein?

Ich würde ihm so gerne helfen ...
– Braucht er Hilfe?
– Ihm helfen, vielleicht um mir selbst zu helfen.

Wenig zahlreich sind die, die bereit sind, sich selbst in die Augen zu schauen, sich ohne Selbstgefälligkeit zu befragen, ihre Eigenheiten zu pflegen.

Wir geben uns alle Mühe, unsere Unterschiede auszumerzen, anstatt sie offen zu zeigen.

Wie absurd.
– Ich glaubte immer, dir zu ähneln.
– So wie ich dir ähnele.
– Ähnelt er uns so sehr, wie wir uns ähneln?

☆

– Er sagte, daß er in seinen Büchern fast immer das Wort »Jude« gebrauche, um seinen Lesern deutlich zu machen, in welchem Maße er es sei, auch wenn er selbst nicht genau wüßte, was es bedeutete, Jude zu sein.

Mehr für den Nächsten also, als für sich selbst.

Und er fügte hinzu: »Dem Judentum verdankt es der Jude, daß er Jude ist, aber das Judentum verdankt dem Juden nicht das Judentum. Es verdankt ihm bestenfalls eine Art unvollendeter Dauer.«

Ein Weiser hatte geschrieben: »Das Nicht-Wissen liegt nicht vor dem Wissen, sondern so weit dahinter.«

Ich kann mich der Angst nicht erwehren.

— Angst wovor?

— Ganz einfach Angst. Aber jetzt erinnere ich mich plötzlich daran, wie gern er der Einladung an eine italienische Universität gefolgt war.

Er liebte Italien, die Italiener.

— Wenn er die Einladung nach Italien angenommen hat, dann, weil er Lust dazu hatte. Jetzt bist du beruhigt.

— Nicht ganz.

— Was quält dich denn noch?

— Dieses Gefühl, das er bisweilen hatte, sich in sich selbst aufzulösen.

»Glückselige Verlorenheit«, sagte er voller Genugtuung über dieses Paradox. »Verzweifeltes Glück.

Freude, nichts mehr zu sein. Verzweiflung, nun nichts anderes mehr als dieses Nichts sein zu können.«

Hatte er nicht für mich eines Tages notiert: »Das Nichts hat seine Ziffer, wie das Universum seine Zahlen.

Aber wußte man, daß die Ziffer des Überflusses, der Vielzahl, der Menge die Null war?

Fügen Sie die *Null* der *Eins* hinzu, und Sie haben *zehn* Nichts.«

Alle diese kleinen Sätze bedrängen mein Gedächtnis.

Von Zeit zu Zeit bleibt einer etwas hartnäckiger haften, und fast fange ich an zu zittern.

— Du mußt dich unbedingt von ihm lösen.

— Kann man die Quelle von der Quelle abzweigen, die Sekunde von der Sekunde?

Meine Freiheit stützt sich auf die seine. Er muß frei sein, damit ich es bin.

Aber wie könnte ich es sein, wo ich doch mit ganzer Seele von ihm abhänge?

Ist meine Freiheit nur die Verlängerung der seinen?

– Die Freiheit hat zum Bürgen die Freiheit. Bestimmt sich der Fremde nicht in Abhängigkeit von der Fremdheit des Anderen?

– Er sagte: »Indem Gott uns nach Seinem Ebenbilde schuf, hat Er unsere Züge gelöscht. Nun ist es an uns, unser Gesicht zurückzuerobern.«

– Der Nächste wird immer in seiner Abwesenheit geliebt.

– Jedes Buch ist dem Buche fremd, das es hervorruft. Aus dieser Herausforderung definiert es sich.

☆

»Die Sprache ist der stärkste Trumpf. Man kann sagen, daß bei diesem Fremd-Ich, das der Fremde ist, das *Ich* seine Wurzeln in der Sprache hat und das *Fremde* in der Kultur«, hatte er geschrieben.

Und seinen Satz für mich kommentierend, fügte er hinzu: »Diese Kultur und diese Sprache um allmähliche Beiträge bereichern, unseren Reichtum mit dem Anderen teilen.

So wehrlos ist der Mensch im Inneren eines Wortes, dem kein Morgen blüht.

Was von uns bleiben wird, ist, vielleicht, nichts anderes als die Verlorenheit eines Wortes, in dem Gott schweigt.

Das Wort Tod?«

— Die Sprache sagt die Möglichkeit der Sprache, wie jeder unserer Gedanken, jede unserer Gesten unsere Möglichkeit zu sein ausspricht; aber gibt es ein Jenseits des Möglichen, das immer noch ein Mögliches wäre? Dort sind Dichter und Denker angesiedelt.

Unser Verhältnis zu der Sprache, der wir angehören, ist unser wesentlicher Beitrag zur Entfaltung einer Welt, die von der Vorstellung gestaltet wird, indem sie sie neu entwirft.

Die Sprache giert nach dem Absoluten, streckt sich nach einem neuen Werden, dem sie ihr Überleben verdankt.

Eine Sprachgemeinschaft gründen heißt, eine Heimat des Geistes und des Herzens gründen, in der der Fremde zwangsläufig seinen Platz hätte, und zwar den ersten; denn unsere Grenzzäune niederreißen heißt auf ihn zugehen.

Seine Beziehung zum Nächsten ginge von nun an über die Sprache, dank deren er, mitsamt seiner Fremdheit, den tieferen Sinn seiner Teilhabe entdecken würde.

Eine Sprache lieben und achten, heißt diejenigen lieben und achten, die sie sprechen und schreiben.

Wie sich der Talmudist Rachi der griechischen Vokabel bediente, so greift Gott zuweilen auf unsere Bücher zurück, um die Tragweite Seines Wortes besser einschätzen zu können.

Niemals wird die Sonne über die ganze Nacht herrschen.

— Die Rasse macht den Fremden nicht aus, denn unzählbar sind die Brüder in seiner Haut.

Die Nationalität macht den Fremden nicht aus, denn unzählbar sind seine Brüder im Exil.

Die Religion macht den Fremden nicht aus, denn unzählbar sind seine Brüder im Gebet.

— Einsam ist der Fremde, entwurzelte Vokabel. Es

bedürfte indes nur einer anderen Vokabel, die sich zu ihr gesellt, damit das Buch seine Chance zum Buche hätte.

Er sagte: »Die Sprache ist der Fluß, der das Ufer befruchtet. Aber sollte ich immer nur dort sein, wo ich schon beinahe nicht mehr bin?«

Er sagte auch: »Die Welt nicht mehr lieben, das heißt entweder sich selbst nicht mehr lieben oder sich so ausschließlich lieben, daß man augenblicklich aufhört, die Welt zu lieben.«

Und da ich ihn bedrängte, mir eine Definition der Brüderlichkeit zu geben, antwortete er mir: »In dem finsteren Wald, wo sich unsere Wege kreuzen, ist die Brüderlichkeit vielleicht das unvernehmliche, morgenrote Geräusch, das den Wald hier und dort durchfährt und erschauern läßt.«

Zu Boden gebeugt wie ein kranker Baum, den der Blitz ins Herz getroffen hat, verunstaltet von einem Buckel, dieser schweren Last, dieser häßlichen Bürde: wer ist er heute, und was erhofft er sich? Er sagte: »Schöpfen, lieben, das läßt einem Flügel wachsen, aber eines Tages muß man feststellen, daß sie, weil sie so lange nicht entfaltet wurden, durch das Aufeinanderliegen nur noch einen Buckel bilden, den man nicht mehr los wird.«

Und er fügte hinzu: »Ist es nicht eigenartig, daß die Flügel auf den Rücken gehören, als ob sie, in weiser Voraussicht, ihren unerbittlichen Verfall den Blicken entziehen wollten?«

Aus dem exhumierten Buch, V

Keinerlei unnützes Wort, aber ein notwendiges Wort, das gegen sich selbst steht.

Mit diesem Wort habe ich meine Bücher geschrieben.

Wort aus Sand. Wort der Ewigkeit.

Gedanke des Schiffbruchs, aber auch Gedanke der Rettung.

»Hat der Baum eine Vorstellung vom Baum, wie der Mensch eine Vorstellung vom Menschen hat?

Mit dieser Vorstellung werden wir geboren, wachsen wir auf, und wir werden für sie sterben«, sagte er.

Die Vorstellung lebt die Vorstellung, und wir leben von ihr.

Das Universum ist eine Vorstellung vom Universum, die Gestalt angenommen hat, und der Mensch ist das leibhaftige Ebenbild der Vorstellung, die Gott von Sich Selbst hat.

Komplizenschaft des NICHTS mit jedem anderen NICHTS.

Das Schweigen noch vor dem schweigenden Zeichen angehen.

Das Buch noch vor der Seite angehen.

Auf die Wörter warten, die, indem sie uns schreiben, unsere Gedanken wecken.

»Wenn es ein Denken Gottes gibt – sagte er –, gibt es ein Denken des Menschen, das unabhängig vom Denken Gottes ist.

Aber wie könnte Gott dies ermessen?

Der Stein denkt das Universum mit seiner Logik eines Steins – oder er denkt nicht.

Das Universum denkt sich durch die Leere hindurch, die zu denken bleibt.«

Und er fügte hinzu: »Die Vorstellung fließt in meinen Adern wie der Saft in der Pflanze, die er zur Vollendung bringt.

Ich bin selbstbestimmte Vorstellung in der Selbstbestimmtheit der Schöpfung.«

Das, was *ist*, ist gedacht worden. Nur das, was sein wird, bleibt zu denken.

Jeder Gedanke ist vielleicht nur ein spontaner Ausbruch des Denkens, ein beachtlicher Vorstoß ins Unaussprechliche.
So wäre denn die Erkenntnis nichts anderes als ein Loch in einem Loch.

Der Abgrund ist der Schwindel aller Wiedergeburt.

Der Vogel ist das Zeichen. Die Lockpfeife. Der Lockvogel. Indiz eines von Gedanken umschnürten Gedankens, dessen Flugbahn im Raume wir verfolgen.
Davonfliegen. Davonfliegen.
Das Buch ist in uns.

Wenn Gott sich über das Göttliche denkt, kann der Mensch sich nur über das nach dem Göttlichen modellierte Menschliche denken. Aber wenn das Göttliche in seiner unwiderstehlichen Anziehungskraft nichts anderes wäre als das quälende Verlangen des Menschen, sich selbst zu überwinden, seine einzige Chance, einen Blick auf die Vollendung zu erhaschen, auf daß er sich ihr annähere? Gott wäre dann nicht höchstes Objekt des Verlangens, sondern höchstes Verlangen ohne Objekt.
Im absoluten Kreuzpunkt Seiner Erwartung.

Sollte es eine dem Denken eigene Logik geben? Dies ließe vermuten, daß es nur einen Weg zu seiner Vollendung gibt, den Königsweg.
Nun wissen wir aber, daß dem keineswegs so ist, weil

das Denken keine Wege kennt. Es wird angezogen von dem, was man ihm zu denken gibt; Zufallsfunde; Dinge, auf die man aus dem Augenwinkel schielt.

Das Undenkbare ist, a priori, nicht das Unüberwindbare. Das Sprechen, welches das Denken mit sich zieht, weiß das sehr wohl.

Es gibt eine Logik des Weges, die nicht immer der Weg der Logik ist.

Jedes Denken schafft seine Logik. Die Logik der Schöpfung. Logik, die die Logik untergräbt; ein Weg auf dem abgeleiteten Weg; so wie es in jeder Evidenz das Nicht-Evidente gibt, mit dem wir rechnen müssen, bevor wir sie unterschreiben.

Helligkeit, durch die die Nacht spukt, die sie auslöschen wird; im Geheimnis verborgenes Geheimnis. O Wissen, das sich aus Unwissenheit schält.

Das Schweigen des Denkens ist, vielleicht, nichts anderes als Denken des Schweigens.

Und wenn sich an dieser Stelle das Mysterium verbergen würde? – Der Emissär des Verschweigens, des Verschwiegenen.

Das Schweigen ist unumgänglich. Wir können es nur durchqueren.

Der Geist ist ohnmächtig, den Geist zu denken.

☆

Ruht das Denken auf dieser Vorherrschaft aus? Dann wäre es, in seiner Selbstgefälligkeit, nichts anderes als die erbärmliche Möglichkeit, das Mögliche zu denken.

Es hätte in diesem Falle nur sein trauriges Ende vor sich und würde nur die Qual seines Todes erkennen.

Wenn aber, im Gegenteil, das Ungedachte Beweis für die Evidenz des Denkens wäre?

– Bestätigt die Abwesenheit Gottes nicht Seine Wirklichkeit?

Das Feld des Denkens wäre unbegrenzt.

☆

Das Echo ist die wackere Anstrengung des Begrenzten, das Grenzenlose zu beschallen; einen Augenblick lang verständlich zu machen, was sich dem Sehen und Hören entzieht.

Und wenn die Abwesenheit Gottes nichts anderes wäre als Seine Unfähigkeit, Gott zu sein; wenn Er Gott nur um diesen Preis wäre?

Dann wäre sie für uns, im gleichen Zuge, die Möglichkeit, in Seinem Namen zu sein.

Vorstellung im Ringen mit der Vorstellung, die sie ausschließt.

Widerstand der Sache gegen die Vorstellung, die wir uns von ihr machen.

Eher als die Sache, den Weg zu ihr denken.

Jedem Gedanken seine Erzählung.
Geschichte einer Morgenröte
oder einer gemarterten Margerite;
ihre Blätter, eines nach dem anderen ausgerissen.

Welchen Namen soll man dem geben, was von Anderswo kommt, von so weit her, daß es blendet, auf das man lange vergeblich gewartet hat und das niemand mehr erwartet, welchen Namen, wenn nicht den, den ich zu tragen hoffte und niemals tragen werde; den Namen, der mich durch sein Schweigen in seiner Abwesenheit eines Namens nennt.

Hier verliert das Sprechen jede Autorität.

VI

»Das Datum unseres Todes ist mit allen Lettern unseren Schriften eingeschrieben. Mal versuchen wir es aufzuschieben, indem wir jene vermehren; mal suchen wir es in den Zwischenräumen des Textes aufzuspüren; aber dieses Datum ist nicht leicht nachzuweisen.

Wo der Schriftsteller nicht mehr liest, wird der Tod ihn lesen«, sagte er.

Das Wort lügt bisweilen, um zu verführen. Das Buch niemals.

☆

»Durch das Bild, mit dem man es verbindet – und Sehen ist nichts anderes –, übt sich das Unsichtbare in den erprobten Praktiken der Lüge.

Das Nichts ist zuvorkommende Wahrheit«, sagte ein Weiser.

Dunkelheit des Hörens. O Nacht.
Seine Bahn ist die des Morgens.

Gott hat keine Erinnerungen, da Er die Spur des Menschen verloren hat.

Gedächtnis des Unvordenklichen. O Nichts.

Immer wieder beschwört es für die Nacht das Werden des Lichts herauf, ohne daß diese es mehr verstünde.

So fiel die Welt dem universellen Vergessen anheim, in das Gott Sich zurückgezogen hatte.

Unsagbare Unendlichkeit, so glatt – O Schwindel – für den Blick, und so lauter für den Geist.

Ein Strahl des Tages.

Und schon der Brand; schon das Unsagbare gesagt, der blinde Mittag.

Das Nahen der Dunkelheit.

– Hast du solche Angst, vor dir selbst für dich selbst geradezustehen?

Getrübte Klarheit, die sich, ohne darauf vorbereitet gewesen zu sein, als blinkender Stern wiederfand, dessen stumpfer Widerschein sie gewesen war.

Hast du ihn nicht richtig oder zu sehr geliebt? Hast du ihn überhaupt verstanden?

War er so zerrissen, daß du, wenn du ihn anschautest, nur noch seine Zerrissenheit sahst?

Und doch begann ich, ihn zu mögen. Zumindest habe ich dies einen Moment lang geglaubt.

Mich in meiner Einsamkeit an ihn klammernd wie inmitten des Gewitters auf hoher See ein Matrose im Kampfe gegen den Tod an den geborstenen Mast seines Schiffes.

O Nacht. Den Morgen rufe ich, so laut ich kann, herbei.

Hat er wirklich existiert? Existiert er?

Nun sag schon.

– Du hast ihn gesehen.

– So wie ich dich sehe, und du mich siehst.

– Sehe ich dich? Siehst du mich?

Die Welt sehen. Sich sehen. Sollte es ein Wissen geben, von dem das WISSEN nichts weiß und das das Auge hütet? Als ob das Auge, darin dem Hirn gleich, nur für sich selbst funktionierte und uns nur das Wenige übermittelte, was wir von dem, woran wir näher herangehen, wissen können; wobei das Auge mehr sähe, als es uns zu sehen gibt.

Und wenn das Darstellungsverbot, das Gott Seinem Geschöpf auferlegt hat, nur der nachträgliche Befund dessen wäre?

Das Auge sieht Gott in Seiner Abwesenheit, wo unsere Blicke sich trüben; aber indem Er Sich unserer Fassungskraft entzieht, bleibt Gott für uns auf wachsame Weise unsichtbar.
Man nimmt nur wahr, was man denkt.

>>Heißt *das* sehen?
Ist es das?
Lieber die Augen schließen. Vom Schatten werde ich mehr lernen als vom Schein der Dinge<<, sagte ein Weiser.

>>Du kannst Gott nicht sehen – sagte ebenfalls dieser Weise –, aber Gott sieht dich mit deinen Augen.<<

Und er fügte hinzu: >>Göttlich ist der Blick des Menschen.<<

>>Ich stelle mir einen absichtlich geschlossenen Ort vor, wie das Innere einer über der Welt geschlossenen Faust, aus der von Zeit zu Zeit durch die verschwindend kleine Öffnung, welche das rettende, von einem Krampf im Finger verursachte Nachlassen des Griffes bewirkt hat, ein Sonnenstrahl austritt.
Und ich sage mir, daß unsere Nacht vielleicht nichts anderes ist als die dunkle Verzweiflung einer Hand, die sich nie geöffnet hat.
O unvermutete Klausur des Nichts.
Menschlich. Unmenschlich<<, hatte er notiert.

Ermißt sich unsere Einzigartigkeit an ihren verödeten Stränden, wo Ebbe und Flut sie hegen und entblößen?
Wellen in heiteren, spielerischen Farben; tiefer Ernst

eines Spieles, alles in allem, dessen Eitelkeit der Tod, wann immer er will, hervorheben wird.

»In jedem Ding der Schöpfung steckt die Leere vor seiner Schöpfung«, sagte er.

»Gott kann nur zu dem, was nicht ist, sagen: ›Ich bin.‹
Es bedurfte der gesamten Abwesenheit der Welt, damit Gott ist«, hatte ein Weiser geschrieben.

Der Mensch ist die Abwesenheit Gottes, und Gott die des Menschen. Hinter der Maske Seiner unsichtbaren Anwesenheit ist Gott der unerbittliche Hüter der Zukunft dieser beiden Abwesenheiten.

☆

> So viele Abschiede in jedem Abschied.
> So viel Asche, um eine Handvoll Asche zu bedecken.

Er sprach mit mir von seiner langen Abwesenheit, seinem letzten Aufenthalt im Ausland.
Er zuckte mit den Schultern, als ich ihm gestand, ich hätte mir seinetwegen Sorgen gemacht. Nicht zu wissen, was aus ihm geworden war, war mir unerträglich gewesen.
Wie viele Monate waren vergangen?
Er antwortete mir, daß ihm das nicht bewußt geworden sei, daß er in gewisser Weise seit jeher abwesend sei; er meinte jene Abwesenheit, die nicht Loslösung von den Menschen oder der Welt bedeutet, sondern Gleichgültigkeit gegenüber der Zeit.
In dem Zimmer, wo wir plauderten, stapelten sich zu

unseren Füßen Bücher, die noch darauf warteten, gelesen zu werden.

Er hatte meine Blicke bemerkt und sagte: »Wie kann man ein geschlossenes Buch lesen? Meine Hände bringen den Mut nicht auf, es zu öffnen, wahrscheinlich weil sie fürchten, den Schmerz zu wecken, der mich schreibt. Ich bin von der Transparenz besessen. Darin liegt meine Hoffnung. Auf dem Universum lasten nicht so viele Schatten, als daß wir uns ungestraft erlauben könnten, es zu verdunkeln.«

Ich sagte ihm, daß er mit dem Schreiben niemals werde aufhören können. Er wandte mir den Kopf zu und sagte: »Ich werde mir die Hand abschneiden, so wie ich alle Bindungen zu den Nächsten abgeschnitten habe.« »Warum nur, warum?« fragte ich. Er regte sich nicht. Hatte er mich überhaupt verstanden? Zwischen uns breitete sich Schweigen aus. Ich wagte nicht, es zu brechen, hatte ich doch plötzlich verstanden, daß es unsere Rettung war.

»Wenn Sie gestatten, werde ich wiederkommen«, sagte ich im Aufstehen. Er antwortete mir nicht.

Draußen regnete es. Ich zögerte, gleich nach Hause zu gehen. Ich irrte durch Paris. Mitten in der Nacht war ich wieder in meiner Wohnung. Mir war, als hätte ich sie den ganzen Tag über nicht verlassen.

Kann man ein geschlossenes Buch lesen? Er hatte diesen Satz kaum ausgesprochen, da hatte ich den Eindruck, als hätte ich selbst nie etwas anderes getan; als hätte ich nie eines seiner Bücher geöffnet.

– Und wenn seine Bücher in deinen wären?
– Habe ich Bücher geschrieben?
– Ich bin in deinen Worten, das weiß ich; so wie du in allen meinen Worten bist.

Und er ganz offensichtlich in den unseren.

Wenn das Werk, das dich von Grund auf verändert hat, existiert, muß auch er existieren.

Wie war sein Name?
— Ich kannte seinen Namen.
— Seinen Namen wiederzufinden, wird uns helfen. Wie heißt er? Du bist der einzige, der es mir sagen könnte.
— Vielleicht ein Name des Vergessens in der ewigen Vergessenheit der Welt.
Er hatte auf seinem kleinen Notizblock aus blauem Papier, den er immer in seiner Nähe hatte und in dem ohne jede Ordnung seine »Gedanken für den Wind« auftauchten, diesen kleinen Satz notiert, der mich mehr als alle anderen beeindruckt hatte: »Warum werden unsere Schritte im Alter immer schwerer? — Weil die bis zu jenem Augenblick gelebte Zeit leichter ist als die Zeit, die uns noch zu leben bleibt.«

>   An den Rändern des Abends fragt niemand mehr den Schatten, woher er kommt und wer er ist.

☆

— Eines Morgens, da ich frühzeitig das Haus verlassen hatte — ich mußte mich nüchtern einer Laboranalyse auf dem Boulevard Saint-Germain, unweit der Place Maubert, unterziehen —, traf ich ihn, aus dem heitersten aller Zufälle heraus, in der Rue des Ecoles, etwa auf Höhe des Collège de France. Er schien mir glücklich und offenbar in bester physischer Verfassung. Das sagte ich ihm auch, und er antwortete mir ohne Umschweife: »Sehen Sie, ich fühle mich ausgezeichnet in meiner Fremdenhaut«, und ging, da er wußte, daß ich es eilig hatte, weiter seines Weges.

Ich erinnerte mich — aber warum gerade in diesem Augenblick? — an einen dieser weitreichenden Dialoge zwischen Weisen, die seine Notate anschwellen ließen:

— »Die Gleichgültigkeit Gottes uns gegenüber ist, vielleicht, nichts anderes als die Abtretung Seiner Verantwortlichkeiten gegenüber der Welt.
— Sollte Gott so feige sein?
— Nein, aber da Er Sich unterwegs verirrt hat, versinkt Er in dem Abgrund, über den Er herrschte.«
Auf die Frage: »Woran denken Sie?«, die ich ihm einmal gestellt hatte, da er mir so undurchdringlich und weit entfernt schien, hatte er geantwortet: »Ich träume von einem Gedanken, der nicht sein Ziel sagt, sondern beharrlich seine ewige Wanderschaft denkt.«
— Ein Träumer?
— Ein Nomade.
— Das Gedächtnis der Welt und das Daseinsrecht noch des unscheinbarsten Insekts. War er das?
— Die Weisheit des Flusses und der Wahnsinn des Meeres. War das auch noch er?
— Der Verstand dessen, was sich auf ewig nach dem Sein sehnt. Ist er das?
— Da man ihn dringend um eine Antwort auf die Frage bat, ob es anerkannte Kriterien für die Intelligenz gäbe und welche dies seien, sagte er: »Die Schwierigkeit, ein Urteil über die Intelligenz des Anderen zu fällen, hängt mit der Tatsache zusammen, daß wir nicht immer wissen, ob diese sich oberhalb des perfektiblen Bezugspunktes, an dem sich die unsere bewegt, entfaltet, oder ob sie sich unterhalb desselben erschöpft.

Diesen Punkt nach oben oder nach unten verlagern. Sich auf einer gleichen Höhe der Verständigung halten.

Die Stufen der Erkenntnis übersteigen vor einem Hintergrund der Angst das Gedächtnis.

Das Universum denken, indem man die Leere denkt.

Den Menschen denken, indem man das NICHTS denkt.

Vom Staubkorn bis zum Stern geht man den ganzen Weg des unschuldigen Steins zurück.«

Und er fügte hinzu: »Es gibt eine Intelligenz der Intelligenz, der diese ihre Eingebungen verdankt. O höheres Wissen, dessen Arkana nur der Weise kennt.«

> Verstehen, um verstanden zu werden.

> Den Verstand zum NICHTS und das Vermögen zum GANZEN haben.

> Reinheit. Reinheit.
> Verläßlichkeit der Filter.

> Auf welcher Höhe siedelt sich unsere Rede an? – Auf der Höhe unserer Hoffnungen; aber diese befällt zuweilen der Schwindel, und sie brechen zusammen.

> »Der Philosoph fürchtet den Weisen, der mit einem Wort, einer Geste, frohgemut sein ganzes Wissen zu Staub machen kann.«

> Dein Denken sei nicht das Schwert, das tötet, sondern die schlichte Ähre, die rettet.

> Jede Behauptung – selbst die elementarste – mit dem unwiderlegbaren Beweis des Erlebten rechtfertigen.

> Primat des Gebens.

– Wußten wir übrigens nicht, daß der Weise der trockenen Vernunft jederzeit die Gründe des Herzens vorzieht, und den tausend Schätzen des Geistes die unerschöpflichen Schätze der Seele?

»Gott kennt die Weisheit durch unsere Weisen. Er wird inspiriert von denen, die Er inspiriert.

Der Mensch ist ein Rätsel. Unsere komplexe Beziehung zum Nächsten gestaltet sich vielleicht auch über die Faszination, die dieses Rätsel auf uns ausübt.

Leere, Auslassung, Schweigen, Abwesenheit zeugen auf ihre Weise von der beharrlichen Dauer des Mysteriums, dessen Gott Sich bemächtigt hat.«

Dem Fremden, der ihn fragte, ob er sich selbst als einen Weisen betrachte, antwortete er: »Wenn der Weise zwischen sich und dem Nächsten einen Unterschied machen könnte, wäre er kein Weiser mehr.«

> »Ich nenne meinen Meister einen Lehrherrn – sagte er; denn dieses Wort gebührt gleichzeitig dem Herrn, der er ist, und dem Meister, der mir erlaubt, mich ihm zu nähern.«

VII

... bedenken, daß die letzte Stunde nicht zwingend die allerletzte ist, sondern vielleicht die Stunde des letzten Wortes.

Verwerfung der Sprache – o Wüste. Sich weigern zu sprechen, zu schreiben – o Scheitern des Buches.

Die weiße Seite zerreißen, um nicht länger die Beute ihrer Weiße zu sein.

Die Vokabel ist das summende Insekt, das sich im Netz einer eifrigen Spinne verfängt.

Die weiße Seite ist das Reservat des flinken und gefräßigen, vielfüßigen Tieres des Schweigens.

»Nehmt Euch in acht vor der Weiße – sagte er. Sie birgt ein gieriges Monstrum.

Verschlingen, lautet seine Devise.«

Gestrandet auf einer verlassenen Insel, gequält von Hunger und Durst, was bleibt dem Schiffbrüchigen anderes, als ein dauerndes Klagefeuer zu entfachen, magere, aber plausible Chance, entdeckt zu werden?

Und wenn für den Schriftsteller an der Grenze zwischen Leben und Tod die Zerstörung seiner Werke durch das Feuer, das sie nähren, das einzige ihm zugängliche Mittel wäre, dem Nichts seine Anwesenheit zu signalisieren?

»Das wahre Wort ist prophetisch«, sagte ein Weiser.

Gleichermaßen solidarisch mit dem Menschen und der Welt, bedurfte der Sand einer Stimme, um die Stimme des Staubes abzulösen.

In jedem gelesenen Buch steckt ein noch zu lesendes Buch, das niemand lesen wird.
Jeder Tod ist verfrüht.

Strände sind die Seiten des Buches.
Der Ozean ist Staunen des Windes.
Feucht sind die Ufer des Unendlichen.

»Gott ist ohne Gedächtnis, weil er die Spur Seines Geschöpfs verloren hat.
Und der Mensch ohne Gewissensqual, daß er Gott nicht gekannt hat«, sagte er.

Das Buch ist Herausforderung jeden Glaubens.

»Wenn es dem Buch eines Tages gelingt – sagte er –, aus einem anonymen, unbekannten Leser einen Freund zu machen, dann ist das für seinen Autor der tröstliche Beweis, daß das Buch, dem er soviel geopfert hat, nicht umsonst war.

Der Großzügigkeit meiner Leser, von deren Existenz ich nunmehr weiß und deren Gesichter ich zu einem gewissen Teil kenne, überlasse ich diese Seiten; denn die Zeit eines gelebten Lebens ist nie etwas anderes als die Zeit einer Überlassung.

Unerahnt bleibt das Ende. Ein anderes Selbst begleitet mich, und es allein weiß, wo wir hingehen.

Dieses *Anderswo* wird, einmal erreicht, ein und dasselbe tausendfach aufgeschlagene Buch hinter sich haben, und vor sich das zukünftige Buch, das im entscheidenden Moment zu schließen ihm zufällt.

Jedes Schriftstellerschicksal schreibt sich dort, wo das Leben aufhört, sich zu schreiben. Es ist gar mehr nicht als die unglückliche Schrift seiner Vollendung.«

In der Falle gefangen, verbrennt die Flamme die Falle zu Asche.

> Und doch, hatte er nicht auf die Frage: »Warum schreiben Sie?« spontan geantwortet:
> »Für niemanden; für das Schweigen vielleicht, das immer Warten auf jemanden ist.«

— Wattierter Himmel. Der Nebel verhüllt die Straße.

Das Jahr geht zu Ende, vor dem Buch, im Vergessen all dessen, was der Augenblick uns verweigert haben wird.

Wozu uns selbst zerfleischen? Alles ist einfach. Existieren genauso wie sterben.

So viele Wolken bedrohen die Welt, aber der Wind verjagt sie. Verspricht die Zukunft uns endlich, eine Stunde lauteren Glücks zu erleben?

Schau nach vorne. Was siehst du?

— Ich sehe einen Weg und einen Menschen, der sich entfernt.

Er ist allein.

— Wie sieht er aus?

— Ich versuche, mir ein Gesicht zu denken, denn ich sehe ihn nur von hinten.

— Wer ist es?

— Wahrscheinlich ein Fremder, mit einem kleinen Buch unterm Arm.

Die Finsternis

Mit einer Hand bedeckst du dein Gesicht.
Die Nacht ist in den Tag getreten.

»Gott: Fatum des Buches im vom Feuer befreiten Buche«, sagte er.

O Tod, verdunkelter Stern, den ein Kranz aus Licht noch rahmt.
O Schiffbruch, o Sonne, willige Beute besitzergreifender Tinte, mit der alles sich schreibt.
Die Ewigkeit ziert sich mit ihrem eigenen Widerschein, schwarzer Quarz, den der Augenblick rastert.

Eisenring an Deck: begonnen, die Reise.
Eisenring am Kai: gesichert, die Heimkehr.

Jedes Buch ist ein Bordbuch.

Und der Weise sagte:
»O Dämmerung. Das also war der Tag?
Ein fehlgeschlagener Versuch des Lichts, auf ewig das Universum zu erleuchten?
Der Tod ist da. Und das ist schon das Nichts.«

Und jeder erfuhr, daß an einem gewissen Morgen ein Mensch auf Zehenspitzen dem Schweigen des Buches entstiegen war, der, ohne auf seinem Wege von einer Vokabel oder einem Buchstaben aufgehalten worden zu sein und ohne sich sonderlich zu beeilen, auf der letzten Seite anlangte, wo er sich in sein Schicksal fügte und wieder verschwand.

»Es gibt, im unerforschten All, ein Buch mit tausend zeichenübersäten Bahnen, das, angesogen von der Leere, bis ans Ende der Zeiten anarchisch weiter umherirren wird«, sagte der Weise noch.

Und Gott fand Sein BUCH auf der Seite, da Er Sich Selbst gelöscht hatte, wieder geöffnet.

> Abwesend im Buche befragst du keuchend das überraschende Buch deiner Abwesenheit.
>
> Alle Anwesenheit ist im Wort.

> »Wer kennt mich?« fragte der Meister seine Schüler. »Wahrscheinlich das Buch. Und das Buch schweigt.«

> »Gott ist die unendliche Abwesenheit, die allein durch sich selbst *ist*«, sagte er.

»Wie könnte ein ungerechter Meister über den GERECHTEN urteilen?« sagte der Weise.

»Ah, wer unter uns dürfte erklären: *Ich, ich bin gerecht?*«

Und halblaut fügte er hinzu: »Hat Gott Sich in Seinem Zweifel nicht dieselbe Frage gestellt?

Inzwischen ist sie unsere Frage geworden.«

Und der Meister sagte zum Gast:
— Mögest du deinen Ort finden.
— Wo ist mein Ort?
— In der Mitte deiner Seele.
— Wie sollte ich bis zu ihr gelangen?

Sie zu entdecken, reicht, so will mir scheinen, ein ganzes Leben nicht.

Und der Meister sagte:
— Du hast sie erreicht. Deine göttliche Blässe verrät es mir.
— Zerschnitten in zwei Hälften, stehe ich vor dir.

Auf der einen Seite bin ich; auf der anderen Seite bin ich. In der Mitte ist nichts.

Und der Meister sagte:
— Dort ist dein Ort.

»Zwei Bücher – sagte der Weise – waren auf meinem Tische liegen geblieben: das Buch Gottes und das meine.

Gott nahm das meine mit, und ich das andere.«

☆

»Gott hat dauerhaften Einlaß bei mir. Warum sollte dies dem Fremden, meinem betrogenen Bruder, verwehrt bleiben?« sagte ein Weiser.

Und er fügte hinzu: »Teile mit deinem Gast eine saftige, weiche, duftende Frucht. Biete ihm keine faule Frucht an.«

»Setze den Gästen nicht die Reste vor«, sagte ein alter Meister.

Das GANZE ist schamloses Denken.
Das NICHTS ein etwas bescheidenerer Gedanke.

Die Frage an die Wörter nimmt ihren Ursprung mit dem Wort; als ob die Frage an das Sein dem Sein stets vorausginge.

Der Ursprung ist vielleicht eine Frage.

»Stimmt es«, sagte der Schüler, »daß, was immer wir tun, wo auch immer wir hingehen, wir uns stets an unserem Ausgangspunkt wiederfinden werden?«

»Was zählt«, sagte der Meister, »ist der Aufbruch; denn der Ort der Ankunft ist stets derselbe Ort, nur verlagert.«

Und er fügte hinzu: »Dieser Ort ist vielleicht kein anderer als jener verlassene, so leere Raum, da Gott, auf der Suche nach Sich Selbst, eines Nachts, ohne ihn zu sehen, Gott begegnete.

... dann schwieg Gott. Und sogleich erhob das Universum seine Stimme.

Zum ersten Male hörte der Stern den Stern, und die Sonne die Erde;

die Quelle hörte den Fluß, und die Flamme das Feuer.

Der Mensch hörte den Menschen, und der Vogel die Ameise.

Der Stein hörte den Staub, und die Wurzel die Frucht.

Zum ersten Male trotzte der Geist dem Abgrund.

Und es ward das Buch.

Und Gott las Sich Seinerseits zum ersten Male in den Wörtern des Menschen.

Fremder seiner selbst.«

> Der eine ist Licht des Einen und Schatten Seines Doppels.

Inhalt

I	15
Aus dem exhumierten Buch, I	23
II	39
Aus dem exhumierten Buch, II	51
III	61
Aus dem exhumierten Buch, III	71
IV	75
Aus dem exhumierten Buch, IV	91
V	101
Aus dem exhumierten Buch, V	123
VI	129
VII	139
Die Finsternis	143